3,2,1...捉伊因

hide and seek   [GAME START]

點子出版
IDEA PUBLICATION

3,2,1...捉伊因

　　捉伊因作為童年的遊戲，相信哪一代人都總會有玩過，每一代也會有自己獨特的規則，你玩捉伊因時的規則你還記得嗎？

　　捉伊因作為貫穿全年代和無分國界的孩提遊戲更是商機無限。韓國長壽綜藝節目、電腦遊戲和後來參考而製的手機遊戲也是以捉伊因為藍本再加以改良而成。甚至捉伊因還有國際比賽，非常刺激的。

　　一個簡單的捉人與被捉的遊戲都可以有這麼多的變化，把它加入我的規則再寫成故事一定非常有趣，這本書便在這個念頭之下誕生。

　　捉伊因真的單純靠體能嗎？如果加入計謀的捉伊因又會有何變化？

　　被捉的永遠都只有等被捉嗎？如果可以主動取勝，遊戲過程又會有何不同？

　　捉伊因單純跑跳藏匿嗎？如果加入道具參加者又會有何反應？

這一切都在我的捉伊因內一一展現出來，各位讀者，我數二十聲，你們快點藏好，捉伊因要開始了。

麥默

[CONTENT PAGE]

序 004

#01 實驗？遊戲？
010

#02 慘叫
024

#03 鬼來了
040

#04 合作
058

#05 組隊
076

#06 金主
092

#07 陷阱
112

#08 遊戲重啟
128

#09 籠中鳥
146

#10 被選中的人
164

3,2,1...捉伊因

#11 第一回合，
勝者… 182

#12 PLAN B
200

#13 地下攻防戰
224

#14 困獸鬥
244

#15 月落，日出
258

#16 最後的一塊
拼圖 274

#17 來一場真正的捉伊因吧
290

#18 再來一場…嗎？
306

◎ 後記 312

3,2,1...捉伊因

#01 實驗？遊戲？

「嗞……叮……」燈亮起，漆黑的房間頓時變得光猛，房間內的九個人同時瞇起了眼，有人甚至以手擋着燈光。

「搞乜鬼？」一把粗魯的男聲率先開腔：「做咩叉嘢捉我嚟呢度？快啲放我走！」

「冷靜啲，冷靜啲，唔使咁激動，最起碼我哋仲可以自由活動，無俾人斬手斬腳先。」一位頭髮有部份已變白的中年男性微笑着安撫粗魯男。

「笑笑笑，笑乜 Q？你係咪有份捉我嚟嘅？」粗魯男指罵着白髮中年男，而他只是無奈的笑，並搖着頭轉身繼續查看四周。

「喂……喂，你……你哋呢班人唔使做戲，係咪我之前唔應承接你哋多 P，而家夾埋想禁室培育我？我好打得㗎，跆拳道黑帶，唔好……唔好埋嚟呀！」一位妝容妖艷、衣着性感的少女獨自躲在牆角架起雙拳大喝道，但任誰都聽得出她是故作鎮定，實際上怕得要死。

「夾埋？禁室培育？我先唔會做啲咁變態嘅事，作為律師我係唔會犯法，而且就算真係要咁做，我自己一個都足夠，唔使呢班蝦兵蟹將阻頭阻勢。而且你仲話自己跆拳道黑帶，睇你姿勢就知假。計我話，與其講咁多廢話，倒不如我哋一齊搵下有無機關開到門走仲好。」說話的是一位穿着筆挺西裝、一副成功人士模樣的

清秀男生，他正在四處敲打牆身，試圖尋找隱藏的機關，而性感少女被一語道破後，立即面紅耳赤，沒有反駁。

「好喇，一人少句，大家被困喺度都係緣份，好應該相親相愛、共渡時艱先至啱㗎嘛，係咪？如果大家一直嘈，咁我哋又點會有機會好好相處好好溝通，互相認識，發掘大家嘅優點，之後一齊做好朋友呢？你哋話啱唔啱先？靚女，你着得咁少布，呢度男人多，俾人睇蝕晒囉。嚟嚟嚟，等 Maria 媽媽畀件外套你褸住先。」中年婦人 Maria 媽媽脫下一件手織羊毛外套，等待性感少女過來，可是她不為所動，而在場的人都對長氣兼囉唆的 Maria 媽媽露出厭惡的眼神，Maria 媽媽見狀，只好打圓場道：「唔緊要，等你想着嗰時再嚟問我借，我幾時都會借畀你，女人實幫女人。」

然後，便是很長的安靜時間，各人都在觀察，有的觀察其他人，有的觀察環境，有的觀察自己身體有沒有異樣，直到一位年青人再度開腔打破靜寂，大家又才再次說話。

「我哋……係咪互相介紹下，講下自己點解會喺度會好啲？」年青人羞澀的問。

「好啊好啊，我睇啲戲都係咁，一班陌生人無啦啦畀人捉咗玩啲變態遊戲，玩之前通常都會自介，之後搵到啲共通點呀、過錯咁，呢啲通常都係最後要懺悔嘅嘢，亦都係逃生嘅關鍵。」一位胖

胖的女生高興的説。

「而家又唔係做戲，而且睇親呢啲戲，到最後都係得女仔先會生存到，我先無興趣。定其實你係工作人員，呢度有啲隱藏鏡頭，而家係喺度拍緊真人 show，所以你要推動劇情呀？」一位高大帥哥不屑的説。

「係啦係啦，就係咁，通常都會有一個人咁講，然後佢會無視所有規則，第一個死。」胖女生拍着手興奮的説，高大帥哥白了她一眼。

「嗱！快啲吐口水講過，呢度無人會死。」戴着鴨舌帽的滄桑老人説：「就算真係有人要死，都肯定係我先，我都咁大年紀，點計都係我嗰頭最近。」

「吱……」刺耳的咪高峰聲從房的四周傳來，打斷眾人的對話。

「Testing，one，two，three，OK，用得，咪無問題。」

接着，咪高峰的對面傳來人聲：「多謝咁多位嚟參加今次嘅實驗，我係主持人 Sigmond Fread。大家唔使估估下，你哋都係成功通過咗一個人性實驗先會被揀選咗嚟呢度，所以大家應該為被選中而高興先係，因為最少證明咗你哋係好心地嘅人。」

「實驗？」眾人異口同聲。

「今次嘅實驗，大家當一場遊戲咁玩會更適合。」Sigmond Fread 續說：「不過為咗實驗嘅結果更準確，恕我暫時唔可以透露實驗嘅目的係咩，如果想知嘅話，你哋可以留意日後嘅發表。但可以講嘅係，參加者只要可以留到最後，我哋都會畀車馬費，或者你哋可以稱之為獎金。而呢啲獎金絕對係天價，所以希望大家可以表現好啲，認真盡力咁去玩呢場遊戲。」

「遊戲？」大家又再次神同步。

「喺度我會簡單介紹下遊戲內容，今次大家玩嘅係『捉伊因』，即係大家小朋友時期玩嗰隻，只要唔好俾鬼捉到就得。當然，一般捉伊因其實只要夠耐，做鬼最後都一定會贏，除非佢自己投降，所以為咗平衡呢個設定，喺今次嘅遊戲場地，即係你哋身處嘅鄉郊大宅入面，我哋準備咗各式各樣嘅錦囊幫大家，希望大家可以留到最後，成為勝利者。我可以透露嘅係得咁多，其餘嘅就要大家喺遊戲入面慢慢發掘喇！而家遊戲正式開始，鬼會數二十聲，之後就會行動，大家記住快啲匿好啦。」Sigmond Fread 說完，咪高峰的嘈雜聲也戛然而止。

　　一時之間，房間只餘下九人沉重的呼吸聲，眾人都在消化剛才 Sigmond Fread 的說話。

「鬼會數廿聲……即係鬼係我哋其中一個？」高大帥哥頓時警戒着在場所有人。

年青人冷靜的説：「我睇未必，我哋呢度都無人數緊，應該有其他人做捉，但問題係究竟做捉嘅有幾多人？而家可以肯定嘅係我哋咁多個都係隊友，應該要互相幫助，咁贏面先會大。」

此時，房間的門自動打開了，整棟大宅都迴響着數數字聲。

「一、二、三……」

「死喇，已經數緊，要快啲匿埋先得。」性感少女驚慌得奪門而出，無視了年青人建議的組隊行動。

「唔好意思，我認為同你哋一齊行動會更加易俾鬼發現，到時你哋盞佗手褦腳，我拒絕，係咁先。」西裝筆挺的青秀男説完也獨自離開了。

「玩捉伊因大家互相幫助？你係咪食懵咗呀細路？點幫？幫我擋隻鬼呀？一大班人一齊行動，咪更難匿埋，即係會一鑊熟呀！你識唔識玩㗎？我都係靠自己好啲。」粗魯男炮轟完年青人後亦跑離房間。

「八、九、十……」

「我都係。」、「等埋我。」、「我都行先。」……陸陸續續，各人也獨自離開了，只餘下失望的年青人和白髮中年男。

「十三、十四、十五……」

「後生仔，我 buy 你，我都覺得人多好辦事。」白髮中年男微笑着伸出右手，並道：「自我介紹先，我叫阿樂，做鐘錶生意嘅。」他倆無視了數數字的聲音。

年青人被這突如其來的友善弄得有點手足無措，呆了數秒才反應過來，同樣伸出手回答：「你好，多謝你信我，我叫……」他本想說出自己的名字，但頓了一頓後，還是說了一個家人對他的稱呼——「野仔」。

「我叫野仔，人人都咁叫我嘅，我已經十六歲，但無返工無讀書，係一個以天為幕，以地為席嘅旅人。」野仔驕傲的說，音量還不自覺的提高了，阿樂立即做一個安靜的手勢，他才意識到自己得意忘形了。

「二十。」

「唔好意思，」野仔壓低聲線道：「不如我叫你樂哥，咁樣會親切啲，而且好似無咁有距離。」

「OK OK OK，不過我諗我哋要認真玩呢場遊戲，要搵啱啱 Sigmond Fread 所講嘅錦囊，同埋唔好俾鬼捉到，我覺得件事唔係咁簡單，我有啲不祥嘅預感。」樂哥凝重的説，同時指着安裝在房間內四角的攝錄鏡頭，野仔這才發現原來自己的一舉一動正被監視。

「仲有，鬼已經數完廿聲，而家應該開始搵緊人，我哋唔知鬼有幾多隻，我哋在明鬼在暗，所以要格外小心。我哋而家快啲搵地方匿埋先，順便留意下沿路有無錦囊。」樂哥發號司令，帶着十六歲的野仔潛行。

他們甫走出房間，便立即被眼前的景物所震懾了。

這座樓高三層的鄉郊大宅是典型的超級豪宅設計，每層至少有三千呎的寬敞空間，而且裝修金碧輝煌。至於他們身處的是大宅的一樓，為甚麼他們知道呢？因為大宅設計中間是中空的，可以看到每層的結構，一直到屋頂。而屋頂懸掛着一盞超巨型水晶吊燈，是每一層的主要光源。他們身處的這層除了有一個大廳外，還有多個房間，而二樓和三樓的佈局大致相同。至於地下則是一個超級巨廳，還有廚房、洗手間等設施。廳的左側有一個氣派的偽轉彎樓梯，頭部和尾部較闊，中間則較窄，而每層的左側都有一堂普通的樓梯。換言之，要上落不同層數，必定要繞一個大圈，穿過全層，走經全部房間才可以。

「嘩！」野仔不自覺的流露出驚嘆聲，忘了自己的處境，一旁的樂哥立即把他拉回現實，他才回過神，尋找可以藏身的地方。

樂哥左右查看，眉頭也皺起來，但還是下了決定：「向上走。」

+×+×+×+×+×+×+×+×+×+

另一邊廂，作為鬼的第十人，在數完二十聲後，已經步出了房間，逐間房去尋找獵物。

「又要捉人，又要戴住條唔識着嘅電子手環、又要戴住個遮啲唔遮啲嘅面具，真係好麻煩，點解偏偏要揀我做捉？」低沉穩重的聲線散發着冷靜沉着、深謀遠慮的氛圍，雖然一直在發牢騷，但還是敬業樂業的逐處搜尋。

「你只要捉晒咁多人就贏。」、「遊戲嘅全部規則就係咁。」、「唔好除面具俾人睇到，唔係你就即刻輸。」、「佢哋錦囊越少對你越有利，記住，錦囊係畀參加者，唔係淨係畀被捉嘅人。」、「你每捉到一個人都會有一個錦囊。」

Sigmond Fread 的聲音一直在他耳邊縈繞、揮之不去，特別是最後一句：「贊助人一致推薦你做鬼，唔好令佢哋失望，阿雲。」

「班人知我叫咩名，絕對唔係普通人咁簡單，又實驗又贊助人，再加上呢個場咁靚，睇嚟一定係好大型嘅實驗，班贊助人實好有米。」想着想着，阿雲突然得出一個結論：「或者已經唔係第一次搞咁嘅實驗遊戲。」

邊行邊想的阿雲，放慢腳步巡邏，經過其中一間房間的時候，聽覺敏銳的他隱約聽到入面傳出物件移動的聲音，於是二話不說便用力踢開門，希望可以借此氣勢嚇倒房內的人，可是事與願違，沒有半個人在房內被嚇倒。

這是一間放滿洋娃娃、毛公仔和人偶的房間，小至扭蛋尺寸，大至等身大小的都有，整間房間目測擺放了不下三百個玩偶，堆得密密麻麻，要鑽進房內也有一定難度。

「匿喺間咁眼花繚亂嘅房，要搵都真係傷眼。」阿雲埋怨道，同時雙手拍臉幫自己提神。

雖然他口裏說不，但身體還是很誠實的去尋找。他用強而有力的臂彎將玩偶推倒在兩邊，毫不客氣的在玩偶上盡情踐踏。

「喂，我知你匿埋喺度㗎，快啲出嚟啦，唔好嘥大家時間，俾我捉咗就可以走人，唔使再擔驚受怕。」阿雲對房內未知的藏匿者喊話，不過想當然是沒有人回答。

他眼見未有回應,便繼續在玩偶上狂踩猛踏,經過一番蹂躪之後,始終沒有發現參加者。

「唔通我聽錯?無理由嘅,明明間房得四面牆同埋啲公仔,無理由咁都搵唔到。」他心裏納悶,但也不想浪費太多時間在一個人身上,於是便離開房間,到其他地方繼續搜尋。

+×+×+×+×+×+×+×+×+×+

「實驗終於開始,你預測個結果最後會點?你嘅 hypothesis 會唔會成立?」一個身穿實驗室袍的人問 Sigmond Fread。

Sigmond Fread——一個三十出頭的男子,鼻樑筆挺,雙眼深邃,皮膚白皙的混血兒——微笑着回答:「Who knows?不過 Eric Ericson,我一定希望係 significant 嚟,但就係因為唔可以單憑我哋空口講白話,所以先要做實驗。Anyway,我哋都已經將所有 varieties 計算同控制好,無論最後個 hypothesis 係唔係 significant,我哋都要喺實驗入面搵證據去 support,所以實驗完之後我哋會仲忙,而家睇到啲咩有用就記低,到時就可以快啲搞掂。」

「Yes,sir!」監測室內的工作人員整齊回應。

Sigmond Fread 笑一笑後,再次全神貫注在螢幕前,這裏

有着整間大宅所有隱藏鏡頭的畫面，他邊看邊敲打鍵盤；而 Eric Ericson 也回到自己的座位上整理文件，同時還唸唸有詞說着些甚麼。

3.21. 捉伊因

3,2,1...捉伊因

#02 惨叫

在房間的牆身中，突然出現了一線裂縫，一隻眼從裂縫中小心翼翼的望出來。

「呼！好彩終於走咗，差啲俾佢發現，嚇死我喇。」性感少女驚魂甫定，從牆身的暗格中走出來，這暗格是用作房間遮醜的，喉管電線全都藏在裏面，非常狹窄，身形不苗條纖瘦根本不可能藏在裏面。

「要快啲搵到錦囊，要快啲贏，要快啲攞到獎金，咁就唔使再出嚟做。」自從她聽到勝出遊戲會有獎金後，整個人也變得積極起來，開始盤算着如何能成為最終勝利者。

她決定在房間內逗留和尋找錦囊的蹤跡，畢竟這間房現在已經變成了最安全的地方，她可以放心尋找，短時間內不必擔心鬼會再回來。

「但係錦囊其實係點嘅呢？會唔會見到都唔知嗰個係錦囊？」她逐個逐個玩偶查看，但三百個玩偶也實在是太多了，要全都找一遍恐怕要花上不少時間。

「如果有人幫手就好。」她自言自語道：「不過又點會有人先得？都係靠自己最穩陣，呢個世界無人係信得過。」

就在她全神貫注埋首在玩偶堆的時候，一個龐大的身影悄然

走近，躡手躡腳的走到她身後，朝她背脊輕輕一拍，她立即嚇得跳起並大叫，叫聲連在地下也能清楚聽到。

+×+×+×+×+×+×+×+×+×+

在地下的廚房，有一個人正在東翻西找。

「既然鬼唔喺度，我動靜大啲都無問題啦。」青秀男自言自語道：「明明話有錦囊喺呢度，點解搵極都搵唔到？」

他逐個廚櫃打開查看，還是找不到錦囊，開始有點急躁，此時，他留意到焗爐內似乎有東西在烤着，走近一看，不是甚麼，正是他要尋找的錦囊。

「踏破鐵鞋無覓處，得來全不費功夫。」他自滿的笑道。

正當他想打開焗爐之際，在儀表板前，竟有一道鎖，鎖連接着一個數獨遊戲，而焗爐此時還餘下五分鐘左右的時間。

「麻鬼煩，時間已經咁緊絀，仲搞埋啲咁嘅嘢，真係惡趣味。」他憤怒道，但還是乖乖的去完成這數獨。

「啊！」此時樓上傳來一聲慘叫。

「睇嚟已經有第一個犧牲者，聽把聲似係嗰條女，不過都抵佢死，鬼叫佢做雞，唔抵可憐。」他冷冷的說，之後補上一句：「搞掂。」手裏便拿着一個紅色的錦囊。

他打開錦囊，裏面裝着的是數個滾燙的小鐵球。他立即拿去洗手盤沖水，待它們冷卻後，拿上手納悶的說：「咁嘅嘢可以有乜用？點解唔可以畀啲有用啲嘅嘢我？又細粒，同粒波子差唔多 size，仲要我哋咁多時間嚟解呢個數獨，shit！」

此時，他聽到遠處有動靜，謹慎的他立即躲在廚櫃內，以大大小小的廚具遮着自己。

不消一分鐘，人已經進到廚房，由腳步聲判斷，只有一個人，他一邊亂翻廚房，一邊碎碎唸：「頂，呢度都無，究竟邊叉度先有？」

他走到青秀男躲藏的廚櫃前停下，正想打開廚櫃之際，發現了一些有趣的東西，而青秀男也立即意會到些甚麼，手握平底鍋準備攻擊。

「喂放心出嚟啦，我唔 Q 係鬼，我同你一樣都係要匿埋嘅人，我係老鬼呀。我知你喺度嘅，見到你個吉嘅錦囊，出嚟喇，我哋一齊從長計議。」腳步聲的主人自稱老鬼，而憑他的聲和說話，青秀男知道此人正是粗魯男。

可是青秀男並未現身相認，老鬼喊了數次，眼見依然沒有人走出來，認為廚房應該無人躲藏，於是失望離去，走到其他地方繼續尋找錦囊。

「可惡，竟然留低咗呢個證據，好彩佢唔係鬼，唔係實俾佢搵到。」青秀男責備自己的大意，隨着腳步聲遠離，他亦放心離開廚櫃，繼續尋找錦囊。

「下一個要去嘅地方係洗衣房，入面都有錦囊。」他看着走火通道地圖自言自語。

+×+×+×+×+×+×+×+×+×+

在二樓的健身房內，戴着鴨舌帽的滄桑老人面紅耳赤、氣喘如牛、汗流浹背，他正在嘗試翻滾二百磅的車軚，拿出壓在下面的錦囊，而他已經嘗試了十分鐘。

此時，健身房的門打開，走進來的是高大帥哥。他一進門便發現到滄桑老人，看到他獨自搬車軚，便立即上前幫忙：「阿伯，小心啲呀，呢啲粗重嘢留返畀後生做啦，一陣整親條腰呀。」

「乜係你呀？嚟得啱喇，幫我手搬開佢，下面有個錦囊。」滄桑老人讓出了半個身位，好讓高大帥哥來幫忙。

「準備，一、二、三，用力！」滄桑老人發號司令，終於合兩人之力總算把車軌翻開，拿到錦囊。

「唔該晒你啊後生仔，你咁靚仔，成個明星咁，叫咩名呀？」滄桑老人邊打開錦囊邊問，錦囊是綠色，裏面放了一張字條。

「我叫 KT，你呢阿伯？」KT 有禮貌的答。

「呵呵，KT，好名好名，而家啲後生仔都唔用中文名囉，你叫我福伯啦。」福伯笑呵呵的說：「喺喺嗰房見你，仲以為你好難相處，但原來都唔係。」

「頭先係我個人太亂先會咁，嚇親你唔好意思，對唔住。」KT 誠心道歉，然後問：「福伯，個錦囊入面有啲乜？」

福伯拿出錦囊內的字條，調整好老花鏡的角度，把內容朗讀出來：「遊戲一開始的時候會有一隻鬼負責捉九個人。但隨着遊戲的進行，鬼可能會多於一隻。」

「睇嚟係遊戲規則。」KT 說：「但最少知道而家應該仲係得一隻鬼，而且唔係我哋九個之一。」

「我哋而家應該搵個地方匿埋先，我估隻鬼應該就快搵到呢層。」福伯擔憂道。

「啊！」此時樓上傳來一聲慘叫。

福伯聽到後立即緊張起來，並惶恐道：「死喇死喇，有人俾隻鬼捉到喇，我哋真係要快啲搵地方匿埋先得。」

與福伯的緊張相比，KT 反而十分淡定，他搖頭並持相反意見：「唔唔聲慘叫聲喺上一層傳過嚟，即係隻鬼喺上面，咁應該無咁快落到嚟，畢竟遊戲都係開始咗幾分鐘，佢應該仲未搵晒上一層，所以我哋仲可以再喺度搵多陣先，只要我哋之後離落嚟嘅樓梯遠啲，就算咁唔撞到正，我哋都仲有成層距離嘅時間可以逃走。」

雖然 KT 分析得頭頭是道，福伯也認同他的看法，但還是堅持要先躲起來：「KT，福伯老喇，已經跑唔郁，隻鬼喺樓梯見到我哋再追過嚟，我未落到下一層就已經俾佢捉到，我都係匿埋先。」

KT 拍心口道：「唔會嘅，最多到時我保護你，幫你擋住佢，等你有時間走佬。」

福伯聽到雖然高興，但還是拒絕了他的好意，堅持自己先找地方躲起來，KT 也只好無奈接受，畢竟人有自由意志，不能控制對方的行動，不過他最後還是答應福伯一定會把鬼引走，不讓他有危險。

雙方達成共識後繼續一起行動，依然待在二樓探索，只是一個探索錦囊，一個探索藏身之處。

+×+×+×+×+×+×+×+×+×+

「我哋去邊層？」野仔問。

「去二樓，通常人嘅習慣，搵嘢都係順住搵，所以喺呢個情況之下，搵人唔係由最高開始就係由最低開始，我哋賭佢一次由地下開始搵起，咁我哋就多啲時間搵錦囊同搵地方匿埋。」樂哥詳細解釋，這令野仔十分佩服，想不到決定去哪裏也有學問。

他倆走到二樓後，開始逐間房查看。這層有五間套房，每間房也有不同的主題，分別是鏡子、盆栽、泡泡、蠟燭和陶瓷，另外有兩間娛樂房，分別是健身房和藏書閣。

「呢五間房要匿埋都好似好多地方可以匿咁，我哋可以唔使分開匿，至於另外兩間娛樂房，我哋唔使考慮都得。」野仔提議。

樂哥仔細看過五間套房後，都同意他的提議，決定要躲藏的話，就一起躲在鏡子房。決定了藏身地點後，便是找錦囊的時間，他們由鏡子房開始尋找。

鏡子房顧名思義是整間房都以鏡子裝飾，除了床上用品外，

其他都是能清楚照出影像的鏡子，所以整間房的面積感覺比實際大出很多，而且只需一丁點光，整間房便會非常光亮，置身其中，目眩神迷，會分不清真假虛實。

他們仔細搜索房間，但始終找不到錦囊，於是便到旁邊的盆栽房尋找。這間房擺滿了盆栽，各種花草樹木交錯叢生，仿如置身森林之內。他們小心翼翼的關上門後，便開始尋找錦囊，由床、衣櫃、書檯到牆身，始終都找不着，最後還餘下套廁。

「睇埋入面，睇下有無。」樂哥説。

野仔照着辦，扭門打開。

「咦？」打不開，他再扭另一面。

「咦！」還是打不開，他覺得奇怪，為甚麼會打不開呢？

「樂哥，道門好似鎖咗喎，開極都開唔到。」他跟樂哥報告。

「等我試試。」樂哥上前嘗試，還是開不到，正想敲門之際，裏面傳來了一把女聲。

「你哋快啲走，我唔會開門俾你哋匿入嚟。」女聲説。

野仔認得出這聲音的主人，他跟樂哥耳語道：「係嗰個肥肥哋、講電影劇情嘅人。」

樂哥「哦」的一聲後，便想到應對方法，隔着門對她說：「你匿喺入面唔開門，係咪又係因為啲電影劇情呀？一開門隻鬼就會出現，最後三個一齊慘死？但其實喺啲戲入面，通常第一個死嘅都係啲自私、以為自己留咗喺最安全地方嘅人。你諗下，做得鬼嘅，見道門鎖咗，真係會就咁走人咩？肯定知入面係有人啦。」

聽完樂哥的一番話，胖女生態度似乎軟化了，她猶疑的問：「隻鬼真係唔喺你哋後面？你哋真係唔係鬼？」

「啊！」此時樓上傳來一聲慘叫。

胖女生立即嚇得魂不附體，跌坐在地，撞跌了廁所內的雜物，發出了「乒鈴嘩哈」的聲音。

「冷靜啲冷靜啲冷靜啲，唔使咁驚，好明顯啲聲係樓上傳㗎，證明咗我哋唔係鬼，同埋呢層暫時仲好安全。」樂哥安慰她後續道：「其實都係一場遊戲啫，點解你咁驚咁嘅？」

胖女生聽到樂哥指「都係一場遊戲」後更加激動，歇斯底里道：「呢場唔係一場遊戲，唔係一場遊戲呀！」

　　野仔聽到她如此激動，也加入安撫：「係，知道，唔係一場遊戲，我哋講錯，應該係一場實驗先啱，我哋更正返。不過你唔好叫得咁大聲，咁樣好易引隻鬼過嚟。」

　　胖女生聽到野仔說是「實驗」，反應也沒有變小，依然大吼：「唔係實驗！你哋乜都唔知！」

　　他倆都被她的反應弄得糊塗了，不是遊戲又不是實驗，哪是甚麼？野仔好奇的問：「咁呢場係咩？」

　　「係死亡邀請！係被捉到要死嘅捉伊因！」胖女生瘋了，她想不到這種只有電影才會有的事情，竟然降臨到自己身上。

　　「咩話？」他倆以為自己聽錯了，再確認一次：「捉到會死？邊個講㗎？Sigmond Fread 無講過喎，係咪你自己腦補喳？」

　　「錦囊講嘅，佢話捉到就會死！所以你哋快啲離開，唔好累我！」胖女生因太驚慌而哭了。

　　聽到這個驚人的訊息，他倆着實也未能消化，但若果是真的話，那胖女生現在的狀態和藏身地點是必死無疑的，本着人多好辦事的宗旨，必須拯救她。

　　「聽我講，而家呢層暫時都仲好安全，隻鬼仲喺上面，所以你

033

可以冷靜返先。」樂哥繼續遊說她道:「你頭先都同意,你身處呢個廁所係必定俾隻鬼搵到,所以一定要走,正所謂人多好辦事,我有個建議,嗯⋯⋯應該點稱呼你?」

「Joyce,你有咩建議?」Joyce 問,看來她還是保持着理智。

「Joyce,個名幾好聽,我哋可以 set 個 trap 畀隻鬼,用呢個廁所,咁就可以幫我哋爭取到逃生同搵錦囊嘅時間。」樂哥提議道。

「咁有用咩?」Joyce 懷疑道。

「有,你記唔記得 Sigmond Fread 喺開場時講過啲乜?」樂哥問。

「佢講過好多嘢喎⋯⋯」Joyce 有點無言以對。

「無錯,佢係講咗好多嘢,但佢入面提過一個重點,佢話『希望大家可以留到最後,成為勝利者』,即係話我哋係有機會贏,唔係淨係被捉,係可以反抗,只係我哋未知個方法係點樣。」樂哥引述 Sigmond Fread 的説話,再加以推測。

「所以先要去搵錦囊!」野仔衝口而出。

「Exactly!果然話頭醒尾。」樂哥讚許道。

「你意思即係話,我哋用呢個廁所做陷阱,拖延隻鬼嘅時間,等我哋可以盡量搵多啲錦囊?」Joyce 在腦內整理好所有資訊後問。

「Bingo!我就係想咁做。」樂哥興奮的説。

「嘩」,套廁的門打開了,Joyce 走出來對着他倆説:「咁我明白喇,我同你哋一齊行動。」

「可唔可以俾我睇下個錦囊?我想知係咩樣。」野仔問 Joyce,她毫不吝嗇的把綠色錦囊遞給他,連同裏面的紙條也一併附上。

「哦,原來個錦囊咁普通,只係一個純綠色嘅束口袋仔。」野仔有點失望。

樂哥看了一眼套廁內部,做了一個簡單機關,利用故意滴水的水龍頭,做了一個像日本庭園水池竹筒的機關,每隔十分鐘便會因水累積太多而倒掉,其間會發出細小的聲音,加上緊鎖的門,鬼一定會闖進去。

機關設置好之後,Joyce 把所有沐浴露、洗頭水和護髮素全

都倒在地上，使地面極度濕滑。她一面得意，鎖上門便離開盆栽房，與樂哥和野仔一同到泡泡房尋找錦囊。

+×+×+×+×+×+×+×+×+×+×+

　　阿雲依然心心念念那個在玩偶房未被找到的人，他已經再找了三間房，無論是床下底、被窩內、衣櫃內、房門後、窗簾後，一間房能夠藏身的地方都已經找過，但還是找不到半個人影。

　　「唔通呢層無人？」他腦內突然冒出了這個想法：「或者去突擊下其他層數都好，呢層嘅人都應該有警剔匿得好埋。」

　　於是，遵循自己的想法，他開始落樓梯到二樓，但正當走到樓梯一半的時候，身後傳來了一聲慘叫：「啊！」

　　「哼，間房果然有人，究竟佢啱啱匿埋咗喺邊？」他興奮的往回跑，但同時還有一個疑問：「明明鬼得我一個，佢慘叫啲乜？咁係咪即係證明啱啱其實佢真係喺房，同我撞到正，只係我揾佢唔到，而家有第二個人揾到佢，就以為係我，所以慘叫？」這疑問揮之不去，抱着疑問的他，不消一會便再次抵達玩偶房。

　　與離開時相比，房間的玩偶明顯被移動過，排列整齊，他苦笑了一下，笑的是自己的天真和大意，明明剛才獵物近在咫尺，但自己卻把他親自放生，實在是太久無玩捉伊因所致的失誤。

「今次你無咁好彩㗎喇。」他露出凶悍的眼神，散發着獵人的氣息，就像肌腸轆轆的猛虎在搜捕小鹿。他掃視一眼之下，率先排除了地上的玩偶，轉而集中精力在房間的牆和地板上。

「成間房最有機會藏身嘅只得暗格，呢度一定有。」他憑着信念不斷左右拍打牆身和地板，終於發現了牆壁一處的回聲有不同，是空洞的聲音，證明內裏是空心的，而且整間房只有這一處，證明要躲藏的話，也只有這裏了。

他不自覺的嘴角上揚，信心十足，握着隱藏式手把奮力一拉，同時大叫：「今次仲搵你唔到？」

房內一時之間鴉雀無聲，只有急促的呼吸聲在迴盪着，他瞪大雙眼看着暗格，然後忍不住大笑起來，接着額頭說：「真係估你唔到，喺喺原來就係匿喺度，竟然一牆之隔都無留意到，到今次終於留意到喇，你又匿咗喺第二度，睇嚟今次我嘅對手一啲都唔簡單，唔可以單純靠體力就捉到。」

他興奮起來，轉身離開房間，赫然看到二樓有一個身影閃過，便立即跟上，到二樓捉這個可憐大意的獵物。

3,2,1...捉伊因

#03 鬼來了

「今次真係走咗喇啩？」性感少女擔憂的問，無他，畢竟暫時
她是唯一一個兩次與鬼擦肩而過的參加者，如此擔憂也在所難免。

「等 Maria 媽媽去睇下先。」Maria 媽媽靜悄悄的走到門邊
偷看，剛好目送鬼跑到二樓，於是放心淡定的跟性感少女說：「放
心，隻鬼落咗去下一層，我哋真係安全喇。喘喘如果你無叫咁大
聲，我哋就可以安全啲搵錦囊。不過都好彩，隻鬼搵我哋唔到，
我都話扮公仔有用㗎啦，你有無嚇親或者整親？我見隻鬼喘喘喺
你嗰面踩㗎踩去。」

「收聲啦阿姑，口水多過茶，喘喘如果唔係你喺後面拍我，我
點會嚇到大叫？」性感少女埋怨道。

「哈哈哈哈，唔好咁，而家咪無事囉，如果有咩事，Maria 媽
媽都會保護你㗎嘛，唔使驚喎。你諗下，喘喘唔係得我呢個扮公
仔嘅計劃，我哋邊有機會仲可以喺度傾偈呢，一人一次，打和啦。」
Maria 媽媽繼續笑着說：「咁耐都未知你咩名，話晒我救咗你，
講我知都得啩？嚟，講畀 Maria 媽媽知，乖。」

性感少女白了她一眼，實在抵擋不住她的長氣，冷冷的拋下
了兩個字：「幽幽。」

「咩話？」Maria 媽媽聽不清楚。

「幽幽!」幽幽走到 Maria 媽媽耳邊大聲説。

「哦,聽到聽到,唔使咁埋咁大聲,Maria 媽媽又唔係聾,一陣你又引返隻鬼上嚟就麻煩,我未必次次都諗到啲好方法去匿埋㗎。唔唔係因為隻鬼嚟過一次,所以正常都唔會再搵啲公仔,只會搵未搵過嘅密室,所以我哋扮公仔先可以過到骨。」Maria 媽媽戲稱。

「你收聲就得喇,咁就唔會引隻鬼返上嚟。」幽幽不耐煩的説,然後繼續埋首玩偶埋尋找錦囊。

「你係咪想搵錦囊?我幫你啦,我搵嘢好叻㗎,阿仔阿女啲嘢成日唔知塞咗去邊都係我搵返,錦囊係點㗎?」Maria 媽媽依然連珠砲發的問。

「好煩呀,你收聲得唔得?我點會知啲錦囊係咩樣?」幽幽煩厭的説。

「好好好,對唔住,對唔住,Maria 媽媽唔講嘢,專心搵,專心搵。」Maria 笑笑口説,絲毫沒有半點歉意。

幽幽沒有多加理會,只是專注於尋找錦囊,終於在其中一個玩偶身上,找到一張紙條,上面寫着「大的我,中的我,小的我」。

　　幽幽看着紙條百思不得其解，Maria 媽媽見狀也走來參一腳。

　　「畀我望望，『大的我，中的我，小的我』？係咪即係有三個同樣但唔同大細嘅公仔咁解呀？」她望着紙條推測。

　　幽幽聽到後靈光一閃，立即尋找其他玩偶。在三百個玩偶內，要多找兩個一模一樣但尺寸不同的，確實不容易，但既然現在有了目標，找起上來總算有點頭緒，不再像「盲頭烏蠅」。

　　「阿姑，估唔到你都有啲用。」這是幽幽今日第一次說話不傷人。

　　Maria 媽媽聽到後有點愕然，但還是接受了，可是依舊改不了長氣的性格：「呵呵，使乜講，我仲有好多好嘢你未知，遲下你就會知咩叫好媽媽。我第一眼望到你就覺得你好似我個女咁，可能你哋都差唔多年紀，所以有咩事都可以同 Maria 媽媽講，我一定會幫你。」

　　「煩死人，咁你出少句聲當幫忙，專心揾。」幽幽始終接受不到 Maria 媽媽的長氣。

　　她們幾經辛苦，終於找齊扭蛋、洋娃娃和人體模型三個尺寸不同，但一模一樣的玩偶。

「之後呢？搵齊三個，咁之後點？」幽幽仔細查看三個玩偶，期望找到更多線索。

「會唔會係嗰度？」Maria 媽媽指着窗邊的三個由天花吊下的鈎子道。

幽幽走到窗邊查看鈎子，發覺三個鈎子分別貼了一張紙條，由左到右分別是「大的太大」、「中的太小」和「小的剛好」。

「即係點？咩意思先？即係仲有其他一樣嘅公仔要搵？」幽幽看着糊塗了，心中的煩躁值一路飆升，相反，Maria 媽媽冷靜的拿着玩偶逐一掛在鈎子上。

「喂，你唔好亂嚟呀！」幽幽阻止道，但已經太遲了，Maria 媽媽已經把三個玩偶都掛好。

「信 Maria 媽媽喇，無事嘅。」Maria 媽媽冷靜道，大家都沉默了，等待接下來的事態發展。

「嚓」，窗台的暗格無預警打開了，錦囊靜靜的躺在裏面，是黃色的錦囊。幽幽十分驚喜，連忙問 Maria 媽媽為何知道答案，Maria 媽媽耐心解釋道：「其實都好易，『大的太大』，即係唔係掛大嗰個，咁即係掛中或者細；『中的太小』，即係中嗰個唔會掛呢個鈎，只可以掛個比中大嘅，即係大嗰個；最後『小的剛好』，

即係細嘅啱啱，咁掛佢就無問題，最後就得返中嗰個未掛，就掛喺『大的太大』呢個鈎度，咁就解開咗呢個謎題，其實都係好簡單，算唔得上係謎題，平時睇推理動畫嗰啲仲複雜，我都可以解得到，所以呢啲濕濕碎。你知唔知呀，我睇過一個故仔……」

「得得得，知道知道，你講過嘢。」幽幽預測到 Maria 媽媽將會長篇大論，連忙打斷她，並打開錦囊，內裏有一個屏幕顯示着「何，三」的電子手環。

「吓？『何，三』？」她不解，下意識的望向 Maria 媽媽，可是這次連 Maria 媽媽也毫無頭緒。

「點都好，擺咗先，等陣問下其他人，佢地可能會知。」Maria 媽媽提議。

「哼，我夠知，使乜你講。」幽幽又回復了不屑 Maria 媽媽的態度，戴上手環便去另一間房繼續尋找。

而此時，樓下傳來了鬼的吼叫。

+×+×+×+×+×+×+×+×+×+

阿雲來到二樓，對着樓梯旁的第一間房，也就是藏書閣，他直接便跳過，因為他剛才看到的身影並不在這排房間。他故意邊

走邊吹口哨，使得整間大宅都彌漫着《煞科》的旋律，同時也令到被捉的人更加心寒，尤其是同層的五人——KT、福伯、野仔、樂哥和 Joyce，哨音就像在他們耳邊一樣。

「靜啲，」KT 壓低嗓子提醒福伯道：「隻鬼喺出面巡緊。」此刻的他們正身處藏書閣。

福伯立即停下動作，像定格一般，KT 看到忍不住笑了，幸好聲音並非很大，否則便會把鬼引來。

在確認鬼遠去後，KT 和福伯都鬆一口氣，但他們都不敢輕舉妄動。

此時福伯裝作勞氣道：「不聽老人言，吃虧在眼前。我都話應該揾地方匿埋先，仲話有時間，可以搵埋呢間房先，之後再去遠離落嚟嘅樓梯，我哋差啲出事喇。」

KT 也知錯，連忙道歉：「Sor 呀，我都唔知佢會咁快落嚟，差啲害咗你，下次我會聽你講。」

認錯後，KT 直接放棄找錦囊的初衷，轉為與福伯一樣，尋找可以藏匿的地方，以免鬼使出一招回馬槍。

阿雲走到五間套房前停下，這就是他看到人影的地方。他首

先打開了陶瓷房的門，裏面所有的東西都是以陶瓷製成，而且絕不馬虎，每一件都是妥妥的藝術品，出自當代和歷代大師之手，美輪美奐，價值連城。

不過，這些在阿雲眼裏都是一文不值的垃圾。他看了一眼房間，看到物件擺放整齊，沒有移動過的痕跡，已經能夠確定尚未有人來過這房間。除此之外，一個大大的錦囊就這樣完整的放在陶土中，要使用拉坯機把陶泥製成碗，才能順利拿到錦囊。

「錦囊係界參加者。」Sigmond Fread 這句話突然在阿雲腦中響起，他嘴角揚起奸笑，用蠻力強行把錦囊抽出，得到的是一個紅色的錦囊，裏面裝着一枝 AA 膠。

「AA 膠？有咩用？不過都唔重要，我攞到一個錦囊即係佢哋就少咗一個，對我嚟講點都係好事，而且我仲可以用嚟做餌引佢哋上釣。」阿雲心想，同時已經開始計劃着該如何利用它。

離開陶瓷房後，他走到隔壁的蠟燭房。這間房用了長短粗幼形狀不一的蠟燭裝飾，當中更有一些是蠟像，造得栩栩如生，加上鬼斧神工的上色，很難分辨出它究竟是真人還是蠟像。

經過之前的玩偶房經驗，這次阿雲對蠟像格外認真查看，他深信其中一定會有真人混入其中，而這次，他猜對了。根據剛剛由三樓往下看的記憶，那個身影是比較肥胖的，換言之，只要仔

細查看豐滿的蠟像即可。

阿雲逐步逼近，Joyce越發緊張，她意識到阿雲是衝着她而來。一時之間，各種念頭均在這短短的數十秒間誕生：繼續扮？逃走？反抗？求饒？會死？屋企人會如何？死後的世界是怎樣？有人會出手救助嗎？自己還有很多事情未做啊⋯⋯

在這瞬間，她決定放手一搏。

現場大概有六個體積比較大的蠟像，分左右兩排，各三個排在房內，由Joyce所扮的是左排離房門第二近的，而鬼正在檢查右排最後一個蠟像。

「如果我而家跑走，利用同佢嘅距離、佢嘅反應時間、佢嘅轉身時間，應該我可以跑得走，仲可以順手關門阻一阻佢。」Joyce計算過後，拔腿就跑完全沒有回頭。

可是，她偏偏計漏了一樣東西——她的移動速度。

的確，一切都如她所料，鬼的起步時間比她遲了兩秒有多，兩人拉開了約十米的距離，但這時間差距和兩人距離，鬼只用了一個箭步便消弭了，在Joyce離開房間之前，鬼已經捉到她。

此刻，時間彷彿凝住了。

Joyce 手握着房門手把，房門半開；鬼左手放在 Joyce 的背上，露出勝利者的笑容；樂哥和野仔站在蠟像群中，看着這一幕，雖然很想出手幫助，但卻無能為力，而緊張和害怕的感覺纏繞着他們，呼吸亦漸漸變得急促沉重起來，若不是阿雲把注意力全放在 Joyce 身上，他倆定必會被發現，到時便會被一網打盡。

此刻，身處同一空間內的四人，都靜心等待着事情的發展，各有自己會知道的事情。

真的會沒命嗎？

捉到人之後有甚麼錦囊？

會發現我嗎？

是何種死法？痛快還是折磨？

而這些問題的答案，下一秒便出現了。

Joyce 突然整個人一震，然後失去了支撐般重重的倒下，呼吸停止了，紅色和白色的液體由耳朵流出，直直的流向野仔，就像向他追問為甚麼見死不救。

而阿雲也後退兩步，被眼前的景象所嚇到，他從來不知道這

場捉伊因會喪命，一時間情緒也湧上心頭，跪下立即對 Joyce 施展心外壓試圖救他，同時對着大宅無目標的大喊：「Sigmond Fread，究竟發生咩事？點解會咁？點解你一開始無講？」可是他的呼喊並沒有得到任何回應，反而嚇到其他參加者。

現在他總算知道，這是一場以命相搏的生存大戰，他擁有掌控別人生死的大權，亦終於明白為甚麼他會被選為鬼，因為他的職業是魚類分割員，即「賣魚佬」，每日都有無數的生命死於他的刀下，或許就是這樣，贊助人便認為他做鬼可以接受殺生，而且也不介意和不抗拒殺生。

野仔看到這一幕後，整個人也失去了反應，縱然在流浪街頭時已經見識過多次不同死法的屍體，但這次是唯一一次有生命在他面前消逝，他很想大叫，但受驚過度的他張開喉嚨也發不出半點聲音，亦幸好他啞口無言，才不至於被阿雲發現，得以倖幸免於難，逃過一劫。但這一幕，將永遠刻在他的腦內，伴隨他一生，成為一個揮之不去的陰影。

至於樂哥，看到眼前這一幕也不自覺的顫抖起來、寒毛直豎。他確認了這場遊戲真的會出人命，亦確認了死狀雖然恐怖，但總算痛快，不會受太多的苦。不過與這些相比，他得到了一個更有用的情報——鬼是不知道遊戲會出人命，這個情報是影響到遊戲會否繼續進行的關鍵。

一輪搶救過後，Joyce 還是返魂乏術，阿雲縱然還未從悲痛和殺人的陰霾中恢復過來，但他只能放棄，轉移將自己的怒氣發洩到主辦單位身上。他把 Joyce 搬上床，用被蓋好，鞠了三個躬，便怒氣沖沖的衝出房間，消失在樓梯盡頭。

+×+×+×+×+×+×+×+×+×+×+

「終於都走咗。」樂哥鬆一口氣，拍了一下野仔，希望能招回他的三魂七魄，但他還是神情呆滯，於是樂哥搖了他數下，還賞了他兩記耳光，總算回復正常。

但野仔的第一個反應是哭，大哭，他哭着對樂哥說：「樂哥，真係會死人㗎……Joyce 喺我面前死咗，佢明明幾分鐘之前仲同我哋傾緊偈㗎……我唔得喇，我想退出……」

樂哥也身同感受，但他深知無法退出，要保命只能勝出遊戲，於是他鼓勵野仔道：「我好明白你嘅諗法，老實講，我都想退出，不過我哋都知無可能，與其諗逃避，不如諗面對同取勝，你同我實掂，掂呀掂呀掂呀！」

「我哋邊有勝算？隻鬼捉到我哋就會死，好似 Joyce 咁點算呀……」野仔別個頭，避免看到 Joyce 的屍體。

「但你有無留意到隻鬼嘅反應？」樂哥問，但他都幾乎肯定野

仔會回答「無」。

野仔搖搖頭，果然不出樂哥所料，他接着解釋：「隻鬼見到死人，佢自己都好驚訝，甚至仲喺度一邊大叫一邊救人，最後仲好體面咁將 Joyce 嘅屍體放喺床上面，然之後先離開。」

「咁又點？」野仔不解的問。

「咁又點？咁即係掂晒囉！即係話，隻鬼有可能會企喺我哋呢邊，唔會再捉人，而係諗辦法一齊去完咗隻 game，咁我哋就可以專心搵錦囊，大家都無人需要再犧牲。」樂哥興奮的說。

「但係……」野仔欲言又止。

「我知你想但係啲咩。」此時有第三把聲插話，是 KT，他不疾不徐的說：「你想講但係 Sigmond Fread 會唔會咁輕易畀我哋咁做。」

雖然是突然加入的人，但野仔並無感到不安。

福伯也道出自己的見解：「我認為佢哋唔會干擾我哋，如果呢個真係一個學術實驗的話。」

「無錯無錯無錯，講得啱，佢哋搞咁大壇嘢做場實驗，就係想

有個公平公正公開嘅實驗結果，所以絕對唔會加以干擾。」樂哥也說出自己的想法，亦不忘介紹自己：「我叫阿樂，佢叫野仔。」

「你好，我係福伯。」、「叫我 KT 得啦。」福伯和 KT 分別回答。

「不過，我啱啱講嗰個只係其中一個最理想嘅畫面，亦有可能會完全相反。」樂哥沉重的說。

「有可能佢會愛上咗殺人嘅快感，之後不斷殺人。」福伯立即搶答。

「咁嘅話，我哋咪變咗被困嘅白老鼠，點都難逃一死？」野仔驚恐起來。

「我哋只有祈禱隻鬼係第一個情況，同埋趁而家盡快搵多啲錦囊。」KT 有建設性的提議道：「一齊行動、分享情報係現階段最好嘅辦法。」

＋×＋×＋×＋×＋×＋×＋×＋×＋×＋

「哈，果然係有人喺度，仲唔俾我捕到你？」老鬼在廚房外守株待兔，終於等到青秀男出來。

「嘖，竟然喺度捕我，與其嘥時間做呢啲無聊嘢，不如早啲去搵錦囊搵方法逃生仲好。」青秀男不屑的説。

老鬼猙獰的奸笑起來，心懷不軌的走近青秀男並説：「搵錦囊交畀你哋去做就得，搵到之後將錦囊交畀我，等我嚟統一分派，帶大家走向勝利！」

「荒謬！」青秀男不從並作出反抗，老鬼一怒之下抓着青秀男的衣領，異常忿怒的説：「你唔好敬酒唔飲飲罰酒，唔好以為你青靚白淨、斯斯文文我就唔會郁你！」語畢便捉起他，施展了一招背負投，把青秀男重重的摔在地上。

「你呢啲人真係死不足惜，哈哈哈哈……」青秀男躺在地上，卻失聲大笑。

「做咩？俾我撻傻咗呀？」老鬼恥笑道，並走近他，想從他身上搶走錦囊。

「你呢種人，正正就係我最憎嗰種。講唔掂就郁手，以為用武力就可以解決一切！抵你做監躉坐監，睇嚟喺入面你仲未悔改，所以話而家嘅司法制度真係錯漏百出，只有靠我去懲治你哋呢種垃圾！」青秀男雖然躺在地上，但依然氣勢凌人。

老鬼被他的説話惹怒了，尤其是「監躉」這個詞語更是挑動

他的神經，他立刻破口大罵：「仆你個街，你呢啲書蟲扮乜人格高尚？我監聾？你知啲乜？你呢條廢柴恃住讀多幾年書就喺度扮大袋？我忍你好耐，第一眼見到你已經睇你唔順眼，而家嘥晒，可以好好教訓你，等你學下點做人！」

老鬼走近青秀男，一腳便踏在他的頭上，力量大得仿佛能把他的頭踏爆，但他還是沒有退讓，反而氣定神閒的道：「踩住我就啱，咁我先可以捉到你！」

語畢，青秀男緊緊的抓住老鬼的腳，然後腰用力一擺，雙腳鉗着他的頸，向下用力，把他整個人也拉倒，接着立即使出關節技把他牢牢鎖實，動彈不得。

「打架之前都要睇對手，你揀着我算你唔好彩，你覺得我憑咩可以懲治到你呢班垃圾？」青秀男輕鬆道：「記住我，我係專治你呢班廢物嘅天敵，網上嘅人都叫我阿月，阿月就係我！你呢個垃圾，由俾差佬捉嗰時我已經留意住你，點知判得咁輕，我本身都想收你，而家仲好，有呢隻 game 幫我，唔使我自己郁手。」

阿月說完後雙手用力一扚，「啪」的一聲，老鬼的腿應聲截斷，他痛苦的大叫，但卻被阿月搗住他的嘴，使他的叫聲沒有傳開去。

「唔好叫得咁大聲，」阿月用令人心寒的聲小聲說：「咁會引

隻鬼嚟，到時你就會死，精精哋自己爬埋一邊匿埋，咁你都仲有機會生存耐啲。」

阿月和老鬼的爭執完結之後，便再出發尋找錦囊，而此時大宅上層傳來大喊。

「而家先真正死第一個？進度比我想像中慢，同埋隻鬼似乎俾啲道德枷鎖鎖住咗，正廢物，由我做鬼就無啲咁嘅問題。Anyway，佢崩潰即係證明我呢面仲好安全，可以繼續安心行動。」阿月心想，然後走進洗衣房開始尋找第二個錦囊。

3,2,1... 捉伊因

#04 合作

　　「隻鬼失控，我哋點算好？再咁落去個實驗會失敗。」Eric Ericson 猶如熱鍋上的螞蟻，心急如焚。

　　與他形成強烈對比的是 Sigmond Fread，他心如止水的看着監視器，平平無奇的說：「我哋作為 observer，係唔可以對實驗作任何有違預設嘅干預，你知喋，所以我哋只可以靜靜咁等事情自己發展，無論結果係點，都係實驗所得出嚟嘅結果。」

　　「我都明，不過班贊助人⋯⋯」Eric Ericson 被 Sigmond Fread 喊停了。

　　「Enough! 我唔理班贊助人之後點決定，但我係唔會違背實驗守則，呢個係我嘅 bottom line，佢哋搵我嗰時我都已經講得好清楚！」Sigmond Fread 義正辭嚴的說。

　　「我梗係明啦，我一直都好支持你喋，但我都唔想睇住你白白浪費咗一個機會。你都知出面其他人都⋯⋯」Eric Ericson 欲言又止，但 Sigmond Fread 已經明白他的意思，可是 Sigmond Fread 依然堅決拒絕插手干預實驗，Eric Ericson 也只好作罷，離開監察室，到外面呼吸新鮮空氣。

　　此時，他的電話震了，來電顯示是未知來電，他戰戰兢兢的接聽了。

「係，我知道，不過咁樣對結果唔係咁好⋯⋯係係係，我當然清楚，但係⋯⋯係嘅，係嘅係嘅，知道，而家唯有咁做⋯⋯好，我知點做㗎喇，我即刻去做⋯⋯無問題，一定做得好好睇睇⋯⋯係，多謝，我唔會好似佢咁，拜拜。」Eric Ericson 卑躬屈膝、恭恭敬敬的與電話另一頭的人聊完後，便走回監察室，坐到自己的位上。

「好彩我永遠都有準備 plan b，今次真係大派用場。」他拿着大宅的平面圖，之後自言自語。

+×+×+×+×+×+×+×+×+×+

阿雲跑到一開始醒來的三樓房間，鎖上門，對着四面牆大吼：「你哋快啲出嚟！畀返個交代我！究竟係咩事？點解好哋哋會死人？我唔做殺人兇手！」

然而，無論他怎樣喊，他始終得不到任何回應，只有他的回音與他對話。

這樣的控訴持續了約半小時，他總算冷靜下來，知道這樣於事無補，要避免再有人犧牲，只好把自己困住不再捉人。

而此時，他留意到那條本身無反應的電子手環亮起了紅燈、黃燈和綠燈，他按了一下電子手環的屏幕，顯示紅黃綠三條未讀

的訊息。

紅色訊息寫着「AA 膠」。

黃色訊息寫着「穿針，二」。

綠色訊息寫着「被鬼抓到會斃命」。

「乜嘢㗎？明明之前拍佢打佢都無反應，而家又會突然着咗？仲有，咩係『穿針，二』？打籃球呀？另外兩句就好易理解，畢竟有邊個未用過 AA 膠先，同埋啱啱先體驗完捉到人……」他納悶中帶點苦惱的想。

突然，他記起遊戲開始前 Sigmond Fread 的說話：「捉到一個人就會有一個錦囊。」

「所以呢三個就係錦囊？但係點解有三個？我只係拎咗一個錦囊同捉到一個人喳喎。」他不解，再次陷入沉思。

然而，隔了一會兒，他又想通了：「你老闆，煩乜啫？係點嘅原因有三個都無所謂，反正我都諗住唔再玩落去，而家最緊要嘅係點樣完咗隻 game。」

「一般捉伊因嘅話，做鬼嘅只要投降就完，之後就會再搵第二

個做鬼。」他努力回想兒時的遊戲細節得出答案，於是大喊：「我
投降喇，捉唔到，再猜過。」

「……」

房間一片靜寂，只有他的呼吸聲。

「噌，果然係行唔通……」他失望但早已預料到結果，然後
房間又陷入死寂。

每當環境越寧靜，思緒越混亂，越容易胡思亂想，越容易回
憶舊事。

他想起了當初為了生計，第一次劏魚的畫面。一尾在水箱中
生猛暢泳的鱸魚，被他一手捉住，溫柔的放在秤砣上，秤了重量
報了價錢後，一位拿着一包大一包小的年輕婦人示意要買下，並
要求他把魚劏了，取出內臟。面對這尾在砧板上活蹦亂跳、求生
意欲極強的鱸魚，他猶疑了，一條生命會因為他而消失，這份責
任非常重大。他右手按着奮力掙扎的魚身，左手拿着刀，看着鱸
魚的腮不停開合，不知是因為牠呼吸不到還是緊張害怕；再看到
牠黑漆漆的眼睛，可憐無辜的眼神使他下不了毒手。

「喂，賣魚佬，做咩呀？棄神呀？我趕時間湊放學，快啲啦。」
後生婦人催促道。

「啊！係，唔好意思，對唔住！」這句說話，他像是對後生婦人說，但更多的是對這尾鱸魚說。

他先用刀背把鱸魚敲暈，減低牠的痛苦，然後再在牠的肚用刀一劃，然後取出內臟，看着那夥還在微弱跳動的心臟，他緊閉雙眼摘下它，鱸魚正式死亡。

這種生命在手中流逝的罪惡感，隨着劏魚時的自我催眠次數增加，漸漸變得麻木了，變成了例行公事，現在的他，劏魚不用十秒鐘，而且還眼都不眨、手起刀落、毫無感覺。

「點解會諗起呢啲嘢？劏魚唔同殺人，我唔可以習慣㗎……」他想着想着，自己也慌了，為了避免自己繼續胡思亂想，他開始在房內踱步。

「喂！」門外傳來一把男聲，阿雲嚇得差點心臟停止，他回過神後放輕腳步走近房門，細心傾聽門外的動靜。

「有啲嘢想同你商量下，或者對結束呢場遊戲會有幫助。」門外的人說。

+×+×+×+×+×+×+×+×+×+

「原來喺呢度，就咁搵肯定搵幾個鐘都搵唔到。」阿月打開了

其中一部洗衣機的蓋，拆下了過濾垃圾的網袋，入面裝了一個藍色的錦囊，但開口位有把鎖把它牢牢鎖住。

「又搞埋啲咁嘅嘢麻鬼煩，又唔畀埋密碼我。四位數密碼，逐個試有排試，附近應該有提示。」他自言自語説，同時開始掃描整個洗衣房。

很快他便笑了，每台洗衣機和乾衣機的儀表板上，都有兩組數字是藍色的，分別是「75」和「30」，他根據洗衣程序的順序輸入密碼，「75」升，「30」分鐘，鎖應聲打開，打開錦囊入面有一張字條，寫着「目視光明，衝破困局」。

「咩意思？咁勵志，咁雞湯嘅？」他百思不得其解，但還是把它袋好，同時心裏產生了另一個疑問：「點解啲錦囊會唔同色？一個布袋仔無理由買唔到多幾個㗎，一定係有啲原因。」

他懷着滿腹的疑問，繼續尋找錦囊。他走到大門前，在門框邊檢查了一會後，便打開了隱藏在牆中的暗格，裏面裝的是一個孔明鎖。

「孔明鎖？真係花時間，不過難唔到我嘅。」他拿着孔明鎖把玩了一會，不費吹灰之力便解開了，內裏的錦囊亦得已重見天日。

「今次係黃色，會係啲咩呢？」他一手打開錦囊，拿出內裏的

電子手環，屏幕顯示着「代捉，一」。

「代捉？」他看到後瘋狂的獨自大笑。

+x+x+x+x+x+x+x+x+x+x+

同樣在地下的另一人，老鬼的狀況跟阿月有很大對比。

「頂，啪斷我隻腳，我做鬼都唔會放過佢，一定要殺咗佢！」面青口唇白的老鬼無力的依着廚櫃坐下，心裏對阿月懷恨在心。

他左顧右盼，試圖尋找可以作為拐杖使用的東西，可是始終找不到，只能找到一些廚具。

「死就死，固定咗隻腳先講。」他把鑊剷、湯勺放在膝頭兩側，用毛巾綁好固定，然後扶着廚櫃勉強站起來，但這小小的動作已經令他全身冒出冷汗。

他一拐一拐，拖着斷了的腳，勉強走到大廳，在圓桌前最近自己的座位上坐下休息，一邊擦着汗，一邊心有不甘、懷恨在心的盯着阿月，看着他從洗衣房拿着錦囊出來，接着跑到大門一會後又得到另一個錦囊，心裏不禁有一個疑問：「點解佢好似知道晒啲錦囊喺邊咁？唔通佢有地圖？定係之前玩過？抑或有人提水？」

抱着想報仇和探求真相的想法，他決定遠距離跟蹤阿月看過明白，但就在他站起身一刻，腳突然無力，差點摔了一交，最終變成跪在地上，還撞倒了數張椅子引起了小小的騷動，不過阿月並沒有多加理會，拿到錦囊後便離開了地下，再次回到一樓。

「好惡，要快啲跟、上、去……」老鬼想站起來的時候，桌底下有一樣東西吸引了他的眼球，使他停止了動作。他伸手摘下它，是一個裝着錦囊的透明盒子！

「哈哈，終於我都搵到錦囊，不過應該點樣打開？」他對着透明盒子苦無辦法。

透明盒子正面是一幅拼圖，是那種九個格子中只有八塊拼圖，需要靠移位把所有拼圖都放在正確位置上。這幅拼圖的圖案其實十分簡單，是心理學的標誌，可是難的地方是要如何把所有都移正確的位置，這對腦袋不靈光的他來説是比死更難的任務。

「妖，整嚟整去都整唔到，唔整喇！拎去俾其他人整算。」他氣急敗壞的説，然後攜着透明盒子隨阿月上了一樓。

+×+×+×+×+×+×+×+×+×+

在三樓，幽幽和 Maria 媽媽依然躲在玩偶房內，不敢外出。

「你估隻鬼會唔會上返嚟吖嘩?」幽幽用氣音問。

「你講咩話? Maria 媽媽聽唔清楚 ……」Maria 媽媽壓着聲線回答。

「妖!」幽幽露出嫌棄的表情,重複了一遍,稍為提高了聲量:「我話,你估隻鬼會唔會上返嚟?」

Maria 媽媽聽到後,以疑惑的表情回答:「我都唔知,但出面都仲未有動靜,應該唔會啩。」

「不如你出去睇下。」幽幽提議道。

「吓?唔好喇,你想知你出去好啲。」Maria 媽媽推卻。

「你近啲,你出啦,而且你唔係口口聲聲話會保護我咩?而家就係畀你表演嘅時候。」幽幽使出連環攻勢,使得 Maria 媽媽不能招架,只能無奈答應,畢竟這是她親口說過的話,總不能食言。

她小心翼翼的打開了門,露出一線縫隙,從中窺看外面動靜。

「點呀?安唔安全?」幽幽急不及待的問。

Maria 媽媽一邊看着外面,一邊做出「OK」手勢示意安全,

幽幽看到便放輕腳步走出來查看，親眼確認是安全才鬆一口氣。

「呼，嚇死我，隻鬼失驚無神大叫，好彩無上返嚟。」她離開房間，在走廊伸了一個懶腰，然後對 Maria 媽媽説：「喂，我哋快啲去搵下其他房，同其他人比，我哋進度落後咗好多。」

Maria 媽媽也同意，於是與幽幽一起走到隔壁的房間查看。這間房已經被打開，是鬼當初找幽幽時打開的，裏面也已經被弄亂了。

她倆在門口探查期間，聽到樓梯傳來急促的腳步聲，於是她們想也不想便跑入房間躲藏起來。

然後她們聽到遠處傳來的開門關門聲，以及大叫大喊聲。

「隻鬼做咩反鎖自己？」幽幽不解的問。

「你問我，我問邊個喎？Maria 媽媽我都想知點解，不過聽佢咁叫法，又反鎖埋自己，我諗佢一定受咗好大打擊，或者而家係我哋追返進度嘅黃金機會，我哋快啲搵下呢間房先。」Maria 媽媽分析説。

「嗯。」幽幽簡單的回應之後，便開始地氈式搜索。

　　這間房滿地都是樂器，本來是一間演奏房，但被鬼揭亂之後，便變成了一間亂了的演奏房。木管樂器、銅管樂器、敲擊樂器、弦樂器等等，應有盡有，雖然散落一地，但還是原好無缺的。而作為一間演奏房，為了不吵到房外的人，隔音設施亦做得十分充足，只要門一關上便與外界隔絕。

　　「喂，呢度有份樂譜，」幽幽從地上拿起了一份樂譜，然後說：「不過好似有啲唔見咗，搵下有無其他部份。」

　　她倆在滿地樂器的地上尋找，但始終都找不到缺失的部份。此時，Maria 媽媽提出了一個想法：「呢份譜⋯⋯可能本身就係得咁多，唔係要我哋搵埋其他，而係要我哋從中搵線索，可能彈佢出嚟會有幫助。」

　　「吓？但係我唔識㗎。」幽幽看着五線譜上的豆鼓，完全繳械投降。

　　「嘻嘻，交畀 Maria 媽媽，我彈琴有演奏級。」語畢，Maria 媽媽便拿着樂譜走到鋼琴前，七情上面的彈奏起來。

　　「呢首歌好熟！」幽幽非常雀躍：「但又好似唔太似咁。」

　　突然，琴聲停了，Maria 媽媽說：「份譜係得咁多，你有無咩頭緒？呢首係流行曲，所以我唔係太識。」

「首歌好熟，我有啲啲頭緒，你再彈多次，不過試下彈快啲。」幽幽要求道。

+×+×+×+×+×+×+×+×+×+

「Joyce 個錦囊話俾我哋知被捉到會死，但而家唔使錦囊講都應該係人都知。」樂哥說。

「而我哋知嘅係遊戲一開始嘅時候會有一隻鬼負責捉我哋九個，但隨住遊戲嘅進行，鬼可能會多過一隻。」福伯也憶述紙條上的內容。

「個意思係我哋有人會變鬼，定會有第十一個人嚟加入？」野仔問。

野仔這一問，一言驚醒 KT 這個夢中人，他立即擔憂起來：「係喎，我完全無諗過多過一隻鬼係因為有新人加入。如果係咁，我哋剩低嘅人就算真係會真心一齊行動都好，都未必有勝算，因為我哋根本唔會知究竟有幾多隻鬼。」

「如果係咁嘅話，」樂哥立即作出回應：「我哋就應該趁而家去試一試拉攏隻鬼，起碼將來多個幫手都好，根據捉伊因嘅規則，就算幾隻鬼一齊捉都好，鬼都唔可以自相殘殺。換句話嚟講，到時即係可以幫我哋阻住其他鬼。」

「有道理，咁我哋快啲去。」福伯贊同這個建議，其他人也沒有意見，於是一夥人便上三樓找尋鬼。

到達三樓後，他們迅速便鎖定了第一間房，無他，全因他們聽到房內有動靜。

「喂，有啲嘢想同你商量，或者對結束遊戲有幫助。」樂哥對門另一面的阿雲説。

「走開！你唔想死就快啲走開，如果唔係我一陣出返嚟就捉你，你就即死！」阿雲裝作很凶惡的答。

「我哋知你根本唔想殺人，而且你都唔知道係會殺到人，睇你啱啱嘅表現我哋就已經好清楚，所以先想同你商量，等我哋可以一齊完咗呢場遊戲，唔會再有人要死。」樂哥鎮定的説。

「……」阿雲沒有回應。

樂哥鍥而不捨繼續遊説：「聽我哋講，我哋一定可以完滿解決到，我哋已經掌握咗一部份規則，可以無傷通關。」

「真係得？」阿雲動搖了。

「就算真係唔得你都無損失，喺遊戲入面你始終都係有優勢嘅

個，真係要驚，都應該係我哋先啦。」KT搶着說：「你可以隨時捉我哋，咁我哋就即刻完 game。」

「你哋講嚟聽下先，等我睇下係咪真係 work。」阿雲開始有點興趣。

「一開始，Sigmond Fread 講過，我哋被捉嘅都有機會贏，呢個其實係有違一般捉伊因嘅規則，」樂哥開始解釋：「但佢重點提到錦囊，而我哋搵咗嘅錦囊亦都有提過點樣可以完成遊戲，所以係有辦法完咗場 game，只係我哋手頭上嘅錦囊並未夠料知點做，所以我哋要繼續搵多啲，如果有你幫手，我哋就唔使驚俾人捉，可以全力去搵錦囊。」

「喂，我哋邊有錦囊話可以完到場遊戲，咁呢佢會唔會唔係咁好？」野仔聽到後即時小聲問樂哥，而樂哥則以堅定的眼神拍心口回應。

至於阿雲，在聽完樂哥的解釋之後便安靜了，這寧靜的時間好像有一輩子那麼長。

「咁好啦，我同你哋合作。」阿雲說完後便打開了鎖上的大門，被捉的四人和鬼第一次正式見面，而「他們」也終於見面。

「點解……」阿雲看到「他」很震驚，很想開口問「他」，但

071

大概「他」也不清楚自己會被抓來的原因，而且自己也無法面對他，只能自己回答自己：「或者咁就係佢哋界面具我戴嘅原因。」

「我諗既然我哋決定合作，情報共享係必需嘅，為表誠意，首先我將我哋而家知嘅嘢同你分享吓先。」福伯説，然後他找出紙條説：「我哋知一開始鬼得一隻，但隨住遊戲時間越耐，鬼可能會多過一隻；另外被捉到嘅人會死。」

「仲有呢場遊戲唔使全部人被捉都可以完結，就係咁多，你呢？」樂哥為免露出破綻，立即補充。

阿雲表面上聚精會神的在聽，但實際上卻是一直定睛看着「他」，根本甚麼也沒有聽到，直到樂哥的一句「你呢」才把他拉回現實。

「我？哦！啊……我有一枝 AA 膠、一個『穿針，二』，我都唔知乜嚟，同埋你哋都已經知嘅，被鬼捉到會死，一共三個。」阿雲如實回報。

「掂掂掂，咁我哋就逐層逐層搵，遇到其他人就叫佢哋加入埋一齊搵啦！」樂哥發號司令，一行五人便開始尋找錦囊之旅。

321.捉伊因

3,2,1...捉伊因

「估唔到會發展成咁，interesting。」Sigmond Fread 顯得十分興奮，並且用紙筆記錄下事態的發展。

一旁的 Eric Ericson 則顯得有點不滿，視線離開平面圖，故意對着幹：「咁真係好咩？我哋籌備咗咁耐嘅實驗會泡湯，我哋嘥咗心機之餘，班金主都唔會滿意。計我話，我哋干涉下令個實驗繼續向正常方向發展仲好。」

Sigmond Fread 聽罷笑了，也轉身面向 Eric Ericson 問：「What is the right direction? 我覺得順住佢哋自由意志去進行，就係正確方向，任何額外干涉先係唔正確，你覺得呢？」

箇中道理 Eric Ericson 當然清楚，只是他不想這個花了兩人上半生時間籌備的實驗最終失敗收場，所以才着急。

「我只係想將個結果導向我哋嘅 hypothesis。」他低着頭說。

「而家個實驗都未完，你又點知最後唔會係我哋想要嘅結果？再講，你一直認為事態發展唔按我哋預期咁進行，咁你認為喺邊一 part 出錯，導致個實驗變到咁？」Sigmond Fread 神態自若的問。

Eric Ericson 不假思索立即回答：「我覺得由選人開始已經錯，嗰個選人準則導致有而家呢個結果。」

「不過呢個選人方法係你同我都 agree，認為係可以搵到最符合實驗需要人選嘅最佳方法，點解因為實驗中期嘅走向不似預期而推翻自己嘅決定呢？」Sigmond Fread 繼續問。

Eric Ericson 語窒了，他想反駁但又不想承認自己的錯誤，但更加不忍心破壞與 Sigmond Fread 多年的夢想，決定給他最後一次機會，於是別過臉，冷冷的說：「嗰啲班金主打畀我，佢哋對而家咁好唔滿意，想我哋做啲嘢。」

「由得佢哋唔滿意，我係唔會干預個實驗，呢條係我嘅 bottom line。」Sigmond Fread 斬釘截鐵的說。

「咁無辦法，機會我都畀晒你。」Eric Ericson 心想，之後回答：「咁好喇，繼續跟住你嘅計劃去行。」

對話完結之後，他回到自己的座位，盯着監視器上的某人唸唸有詞，之後那人看了一眼攝錄鏡頭，造了一個不文手勢之後便離開了。

+×+×+×+×+×+×+×+×+×+×+

「啦啦啦啦啦甚麼信物，平貴都，無謂理……我記得喇、我記得喇，係《給愛麗絲》！」幽幽突然大叫，難掩興奮的心情，不過下一秒便打回原形，一臉疑惑：「首歌關咩事呢？」

聽到幽幽的答案，Maria媽媽亦有所啟發：「你咁講，Maria媽媽都記得，呢首係貝多芬嘅《致愛麗絲》，從來無公開發表過，不過咁又代表啲咩呢？同錦囊有咩關係？我都搞唔清楚。」

對着這首樂曲，她倆都一籌莫展，沉入了思想的死胡同。

「份譜咁完整，點睇都唔似係撕爛，我懷疑根本就係得咁多，線索就係喺呢份譜入面。」Maria媽媽説。

「會唔會係同啲豆豉嘅分佈有關？」幽幽嘗試提出意見，但很快便自我否決：「點睇都唔似係啲咩有意思嘅喎。」

這段對話後，她倆又再次墮入思海的深處。

良久，幽幽打破悶局，率先發言：「我哋喺度花得太多時間，咁計落唔划算，我哋skip咗佢先，可能其他人會解到呢個謎，我哋而家去揾第二個錦囊先好啲。」

Maria媽媽點頭表示同意，之後她倆便離開演奏房走到大廳，與樂哥一行人撞個正着。

「小心啊！」幽幽對着他們大喊，之後她迅速逃跑，Maria媽媽看到他們身後的人也同樣一溜煙跑走。

「等陣……」樂哥雖然立即叫停她們，但她們依然頭也不回的逃回演奏房。

「或者等我去同佢哋解釋清楚，」野仔自告奮勇：「你哋繼續搵錦囊。」

大伙都同意後，他便獨自走到演奏房前，敲門道：「隻鬼而家同我哋同一陣線㗎，唔使驚，我慢慢講畀你哋聽發生咩事，你哋開門畀我入嚟先。」

可是任憑野仔如何敲門，她們始終不願開門，因為演奏房的隔音實在是太好，她們根本不知道有人敲門。

「隻鬼睇住我哋入嚟，捉晒佢哋之後，好自然就會嚟捉我哋，我哋實輸㗎喎，我要贏要錢，唔可以咁就輸。」幽幽擔心的說。

「唔使驚，Maria 媽媽喺大廳。我知有條秘道，其實我啱啱都係由嗰度上嚟，不過隻鬼喺度嘅話，條秘道只係用得一次，以後就會作廢，所以未到最後，我都唔會想用到佢。」Maria 媽媽認真凝重的說。

「咁我哋仲等啲咩？行喇！」幽幽拉着 Maria 媽媽就跑，Maria 媽媽立即制止她道：「冷靜啲，我哋都要首先確定下係咪安全先得㗎，萬一隻鬼喺出面等我哋，咁咪一出即輸？」

「你又有道理，」幽幽停下來，回頭問：「咁點確認？」

這一問，把 Maria 媽媽也難倒了，因為她壓根沒有想到好辦法，只是不想貿然衝出去被抓到。

門外的野仔已經敲了不下百次的門，喊「喂」也已經喊了快上千次，已經有氣無力了，但房內的兩人依然沒有任何動靜。他已經有點不耐煩，開始由敲門變成拍門、拍門變成捶打門，差點把門也打爛。

「或者我哋一人拎件樂器當武器，隻鬼嚟嘅時候就打佢，希望爭取到逃走時間。」Maria 媽媽想了良久才想到一個好像有點用的辦法，幽幽也只好同意，畢竟總比沒有辦法來得好。

「一、二、三！」手執小提琴的幽幽打開門，Maria 媽媽拿着長笛閉上眼衝出去亂打一通，幽幽也緊接着用小提琴胡亂揮舞，站在門口的野仔慘成樂器下的亡魂。

「哎呀！痛！等陣！停！」野仔連喊數聲，她們才睜開雙眼恢復理智，野仔邊揉着被打的頭邊說：「你哋冷靜啲，而家情況唔同晒，我哋已經決定停止場遊戲，一齊合作專心搵錦囊，然後一齊離開呢度，唔會再有人犧牲。」

「吓？」這是幽幽的第一個反應，她接着問：「場 game 可以

你哋話停就停？未完點離開？同埋咩犧牲？」

「鬼唔捉我哋就自然停咗；搵到錦囊就會有教我哋離開嘅方法，呢個係由 Sigmond Fread 口中推斷出嚟；至於犧牲……」野仔在此處頓了一頓，偷偷吸了一口氣然後微笑着說：「咪就係字面意思，總之而家我哋全部人係同一陣線。」

Maria 媽媽覺得事有蹊蹺，立即反駁：「你唔畀隻鬼係扮好人，group 埋晒我哋之後一次過捉晒我哋？咁樣最慳水慳力，唔使行咁多去搵，獵物自己送上門。總之 Maria 媽媽我就點都唔會信佢。」

野仔感到為難了，他無法釋除她的這個疑慮，始終這個假設的確很合理，而且在各方面來說也很合乎邏輯，可是鬼剛才的痛苦表現絕對不像演戲，看得出完全是發自內心，加上自己本身對他有種莫名的熟悉感，因此偏向相信他。

「我唔知應該點同你解釋，但我覺得佢係真心唔想殺人，唔係做戲嘅。」野仔堅定的說，可是這話一出，頓時令到她倆嘩然。

「殺人？你話隻鬼殺咗人？你黐咗線呀？咁仲叫我哋同個殺人兇手一齊行動？你有咩陰謀？係咪想殺埋我哋？」幽幽瞪大雙眼，不管是出於吃驚還是憤怒，她都已經用手上的小提琴抵着野仔的頸項，推他離開。

「等陣!」Maria 媽媽阻止了幽幽:「唔好推佢走。」

幽幽十分驚訝的看着 Maria 媽媽說:「點解?你唔係信佢亂噏咩?」

Maria 媽媽搖搖頭,走上前用長笛架着野仔的頸,然後對幽幽說:「佢同隻鬼係一伙,隻鬼唔會傷害佢,所以我哋要利用佢做擋箭牌,幫我哋安全離開呢層。」

「Good idea! 果然係有啲計。」幽幽再次罕有的稱讚道。

她們脅持着野仔,由演奏房慢慢移動到大廳,再走經四間睡房,但就在第三間睡房前,正好跟樂哥和阿雲打個照面。

「你哋想做咩?」阿雲衝上前怒吼道,樂哥立即阻止。

「你咁會嚇親佢哋,等我嚟。」他走上前對幽幽和 Maria 媽媽說:「係咪有啲咩誤會?到底發生咗咩事?」

幽幽和 Maria 媽媽看到阿雲剛才的怒吼已經嚇得魂不附體,緊抓着她們的救命稻草野仔不放,令野仔更感不適。

Maria 媽媽躲在野仔身後戰戰兢兢的答:「你哋同隻鬼同流合污想捉我哋,我哋係唔會中計!你哋唔好行埋嚟,否則我對佢

唔客氣！」

　　樂哥維持一貫的溫暖笑容，和藹可親的說：「你哋真係誤會咗喇，隻鬼真係同我哋聯手，一齊完咗個遊戲，唔會再捉人，唔係 fake 你哋㗎，我哋有事慢慢講，放咗野仔先。」

　　「我哋有人質喺手你梗係咁講，到我哋放咗佢之後，你就翻轉豬肚，你估我哋唔知你籠嘢？」幽幽大聲反駁，KT 和福伯也忍不住過來湊熱鬧。

　　「嘩！你哋而家諗住圍我哋？我哋先唔驚。Maria 媽媽我嚇大嘅！」Maria 媽媽故意加大聲量壯膽。

　　「阿嬸，慳啲啦，要圍你你一早俾佢捉咗喇，仲使乜喺度同你咁多嗲？」KT 看不過眼，態度惡劣的說。

　　「喂，唔好咁講，大家坐埋同一條船，你咁只會嚇走佢哋。」福伯立即喝止 KT，KT 連忙道歉。

　　「我哋真係無惡意，只係想盡快安全咁完咗個遊戲走人，你哋唔係都想咁咩？所以我哋先合作去搵錦囊同 share。」樂哥繼續遊說她們。

　　「你哋唔使狡辯，總之我哋係唔會信，你哋唔好行埋嚟，如果

唔係我都唔知會點做啲咩出嚟！」幽幽也非常強勢的要脅道，接着她們便慢慢退到樓梯，帶着野仔消失在二樓樓梯的盡頭。

「就咁由得佢哋帶走野仔？」KT難以置信的問。

「梗係唔會，不過佢暫時都安全，所以我哋繼續依計劃行事先，一陣先再救返佢，而且我相信佢有能力令嗰兩個女人信佢。」樂哥決定依計劃行事，大家都同意，除了阿雲。

「唔得，我要去救佢！」阿雲異常激動，現場無人敢用語言以外的行動去制止他，因為只要被他的手觸碰到便算被捉，會即時斃命。

「你可以去，我唔會阻止你，我自己都好想去，」樂哥沉重的說：「但你去咗對件事有咩幫助？係會好咗定壞咗？你自己諗清楚而家最緊要做嘅嘢係啲咩先？你咁衝落去真係救到人？定拿拿臨結束咗場遊戲先會救到佢？」

阿雲聽完樂哥的一番話總算冷靜下來，權衡過利弊後決定還是以大局為重，盡快結束遊戲才是真正救到野仔的方法，於是他們再次投入到尋找錦囊當中。

+×+×+×+×+×+×+×+×+×+

阿月到達一樓，頭也不回的走到大廳。大廳擺放了兩張四座位沙發和一個長方形茶几，在角落處還有數盆樹裝飾點綴，為一樓增添了生氣。

阿月走到較遠的沙發前，蹲下摸了數下，便在沙發底下找到了另一個藍色錦囊。這個錦囊並沒有任何機關，打開後只有一張紙條，寫着「填滿再填滿，讓我肉身重現人間」。

「今次呢張咁中二，搞乜？」阿月吐槽道。

而此時，老鬼也一拐一拐的上到一樓，看到阿月又再不費吹灰之力便找到另一個錦囊，可疑程度比鄭子誠有過之而無不及。

「唔理佢係有地圖定有人提，我都一定要搶過嚟！」老鬼暗自發誓，但始終未有實際行動，畢竟前不久才被阿月修理完，他心裏清楚要合多人之力才能制伏他，現階段只能繼續觀察，伺機而動。

為了能觀察到阿月的一舉一動，老鬼選擇躲藏在最接近廳的尾房。他小心翼翼的打開門，但還是發出了一聲清脆的「la」，不過他見阿月無反應，也就沒有深究這聲音的來源。這間房是一間普通的套房，並沒有甚麼特別，配備與一般酒店房無異，床、衣櫃、書桌、椅子、電視，並沒有甚麼特別機關和隱藏的暗格，最少他是這麼認為。

　　阿月拿到錦囊後，走到欄杆旁邊，轉動其中兩條欄杆，隨後一個暗格在天花板打開了。他把茶几推到旁邊，站上去再跳起，還是差一點點才能拉下暗格。

　　「麻鬼煩，整個咁難先拎到嘅錦囊，要借欄杆起跳先夠，實在太危險，有無其他工具幫到手？」阿月環顧四周，目光落在欄杆上，他決定拆下其中一枝，他心想：「既然轉得郁，咁證明佢唔係實淨，可以拆到嘅。」

　　他出盡九牛二虎之力，始終拆不下一枝欄杆，正當打算放棄之際，他摸到口袋內的小鐵球，於是心生一計，利用小鐵球的重量，將錦囊作為手臂的延伸，一舉把暗格拉下來。

　　「嘭！」暗格終於跌了下來，裏面裝了一個綠色的錦囊。

　　「綠色？」他再次獲得不同顏色的錦囊，打開後一看，內裏的紙條寫着「上捉上，下捉下；有隔牆，無穿針」。

　　這句口訣喚起了他兒時的記憶，他心想：「呢啲係規則？但另有玄機？」雖然一時之間未弄明白，但他還是決定先跑去第二個地方尋找錦囊。

　　「可惡，唔知佢喺嗰個錦囊係啲乜。」老鬼有點煩躁，但也無計可施，只能繼續尾隨阿月，他輕力打開房門，避免再次發出

聲響,可是不論他如何小心,那聲清脆的「la」還是響了。

「妖!又響!好彩條契弟聽到唔到無回頭啫。」老鬼在心內咒罵那道房門,然後三步併作兩步,一拐一拐的追上前,怎料阿月就站在轉角處的盲點位等待他。

「你呢隻跛腳老鼠仲跟住喺?你唔會天真到以為我聽唔到啊?係咪要打斷埋你另一隻腳先安樂?」阿月露出狂妄的樣子,雙手伸向老鬼。

老鬼心底想反抗,但想到剛才還健全時已經不是他的對手,何況現在有傷在身呢?正所謂好漢不吃眼前虧,作為社會人又曾經在監獄裏渡過一段時間,能屈能伸是他賴以生存的唯一技能,所以他跪了,還雙手奉上剛才在桌子底下意外得到的透明盒子,説:「我想同你合作,呢個盒裝住錦囊,我將佢畀你,代表咗我嘅誠意,請笑納。」

「哈哈哈哈!」阿月大笑,趁機嘲諷:「不愧係一個死監躉,果然好識見高拜見低踩,毫無尊嚴可言,你呢啲咁嘅垃圾,唔死都無用!」

阿月一手搶過透明盒子,另一手伸向老鬼的頸,老鬼眼見方法行不通,打算臨死放手一搏,全力反抗,但,一切都發生得太突然,阿月的手由「叉頸」的姿勢變成「握手」的姿勢,並笑説:

「你唔會以為我係咁諗啊？你腳又俾我打跛咗，但都仲咁有心跟埋嚟，而家連錦囊都界埋我，咁有誠意想同我組隊，我又點會拒絕呢？我哋一於聯手去贏隻 game。」

老鬼對阿月態度的轉變之快顯得非常有戒心，但現在能保住性命，還能近距離觀察他的秘密，這也算賺了，其他的只好見機行事，待適當的時候才背叛吧！

於是，老鬼也伸出手，握實阿月的手，簡短的答：「好，合作愉快。」

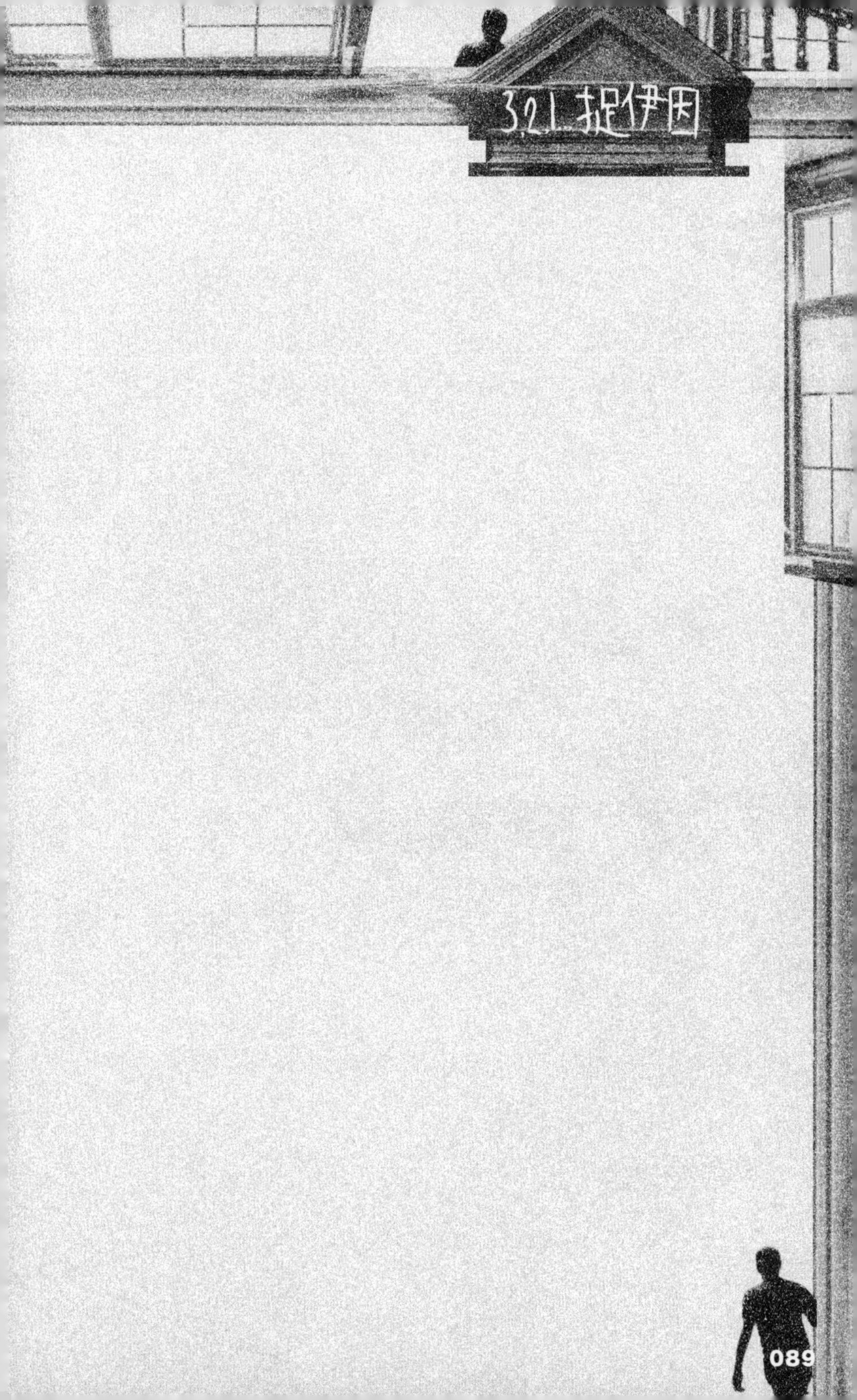
3,2,1...捉伊因

3,2,1... 捉伊因

#06 金主

在一個以高級紅毛絨布裝飾的 IMAX 私人影院內，有數位衣着低調但品味十足的中年男女坐在按摩椅上一邊看着弧形大螢幕，一邊大聲討論，而畫面上播放的正是大宅內的影像。

「估唔到佢哋兩個竟然會組隊，你哋覺得阿月係咪有陰謀？」身上貼着「Ben」名牌的男子問。

「我就話一定有，今次我睇好佢，足智多謀，實贏。」另一男子「Alfred」答。

女子「Daisy」搭嘴道：「可能係用嚟做擋箭牌。」

男子「Chris」則持相反意見：「可能真係俾老鬼嘅誠意感動呢，雖然都係急中生智嘅緩兵之計，但保住條命仔就係王道。」

「Elise」附和說：「喏，邊個知幾時會風水輪流轉。」

他們你一言我一語，對遊戲的發展評頭品足，不斷發表意見，突然「Ben」問：「Fiona，你又點睇？一向你都係睇得最準嗰個嚟，發表下。」

「Fiona」搖搖頭，回以禮貌的微笑，獨自在一旁靜靜的看着遊戲的發展。

　　同時在另一房間內，一個蓬頭垢面、戴着厚厚鏡片的少女也觀看着遊戲直播。她一面觀看，一面在聊天室與其他人起勁的討論着。

　　「鬼嗰條線好悶，反而阿月嗰面好睇啲，而兩母女嗰面都想知點發展。」少女輸入。

　　這一條評論引來很多人的回應。

　　「CLS，都唔知乜鬼會同被捉嘅人合作，捉晒佢自己贏咪得，一向做鬼都係捉人㗎喇。」

　　「唔死人玩呢場遊戲做乜？佢都忽忽地。」

　　「阿月世一。」

　　「兩母女，真係好似，lmao。」

　　「LOL，lm 等睇老鬼被出賣。」

　　「隻鬼收得皮，搵我做仲好，一定好快完 game。」

　　「阿月做鬼會刺激啲，成件事錯晒。」

「負皮界隻鬼。」

與此同時，在一個直播平台上，有人以「極秘！實時轉播！！死亡捉伊因！！！」為題，吸引了三十多萬人收看，立即成了觀看榜首。轉播的直播主甚至發起了誰是最終勝利者的投票，阿月眾望所歸遙遙領先；至於誰是下一個被殺的人的投票中，福伯、老鬼、野仔分別佔據頭三位。

這場捉伊因遊戲一時之間成為了網絡熱話，當中網絡指的是暗網。

這種變態的戲碼充斥在整個暗網，為何它能風靡整個暗網？因為它打着心理實驗的旗號，好比史丹福監獄實驗和米爾格拉姆實驗，而不是單純的屠殺。

這班付費觀看的人，都是這次實驗的小金主；被選中的這班參加者，一定程度上都是由他們選擇。至於這次實驗背後的真正大金主，則一直默默注視着遊戲的進展，透過代言人在適當的時候表達自己對遊戲的「意見」。

+×+×+×+×+×+×+×+×+×+

「你哋放得我未？」野仔被 Maria 媽媽以枕頭套反綁着雙手。

「你同隻鬼一伙，放咗你我哋咪無咗個免死金牌？佢會殺人㗎！我哋點都唔會放。」Maria媽媽説。

「都話你哋誤會咗，佢係唔會再捉人，所以唔會再殺人，佢同我哋一樣，都係想快啲離開呢度。」野仔説。

「離開？點離開？俾佢捉晒我哋，佢咪離開到囉，我哋咪離開人世囉！」幽幽始終不願相信。

她們為了盡可能的遠離鬼，打算帶野仔到地下，然後再想辦法，可是落到一樓時，正好與阿月和老鬼碰上了。

兩伙人都定住了，一時之間沒有交流，氣氛有點尷尬。

「呢三個人睇嚟唔係一伙，不過睇個勢，其他人似乎都組晒隊，呢個時候條team大有着數，呢幾個人可以利用下。」阿月心裏盤算着。

而幽幽也有同樣的想法：「呢兩個人點都可靠過上面嗰班同鬼一齊嘅人，佢哋人多，呢個時候我哋越多人越有着數，最多臨尾先賣佢哋。」

兩人心裏打着各自的如意算盤，但始終未有開口，最終這悶場還是由野仔的一聲「Hi，乜咁啱嘅？」打破。

「成間屋就係得咁大，撞到都好正常。」阿月語氣冷淡的答。

老鬼看到來的是一老一嫩一幼的三人，深知不能幫到自己反抗阿月，感到有點失望，只好繼續扮演哈巴狗的角色説：「咪臭係，有咩咁出奇？估唔到你哋仲未俾人捉，真係好彩。」

突然被人惡意攻擊，幽幽也無名火起，開口便嗆他：「你呢隻跟尾狗有咩資格出聲？人講乜你講乜，吠啦垃圾！」

老鬼聽到後十分生氣，上前就想一拳打在幽幽身上，可是卻被阿月以眼神阻止，並説：「呢位小姐一啲都無講錯，你做咩咁嬲？事實你真係一隻跟尾狗。」

老鬼敢怒不敢言，只好把這啖氣吞下，繼續忍辱負重，笑笑口説：「係嘅，我就係一隻跟尾狗。」逗得阿月和幽幽放聲大笑。

接着阿月對着幽幽説：「小姐，我欣賞你嘅膽識，有無興趣同我聯手一齊贏？」

得到阿月的主動邀請，心理上處於上位的自然是幽幽，雖然想立即答應，但表面功夫還是要做足，她禮貌的回話：「你等我哋一陣，我哋要傾傾。」阿月也禮貌的做了一個「請便」的手勢，在原地耐心等候。

「你真係諗住同佢哋一齊行動？後面嗰個人腳都跛埋，會拖累我哋，再講，都唔知係唔係因為果個男仔搞到佢跛，我哋一齊喺房嗰時佢都仲四肢健全㗎，Maria媽媽就覺得唔係咁好。」Maria媽媽表達自己的看法。

「不過僅憑我哋兩個，唔會夠隻鬼鬥，而家多個朋友好過多個敵人，我哋可以暫時應承，到最後先賣甩佢哋咪得。」幽幽將自己的想法分享給Maria媽媽聽。

「我始終覺得有啲危險，可能佢都係咁諗呢！咁到時我哋咪死硬？睇戲睇劇都見得多，中途加入嘅靚仔靚女通常都係奸。」Maria媽媽繼續説。

「做戲啫，現實點會係咁。」幽幽反駁。

「我覺得不如咁，你哋放咗我，之後我哋五個人一齊上去搵返樂哥佢哋，大家一齊行動，搵離開呢度嘅方法，咁咪仲好。」野仔插話，但立即便被幽幽和Maria媽媽異口同聲拒絕。

「你決定喇，Maria媽媽一定會同你共同進退。」Maria媽媽義氣十足。

「好！」幽幽簡短有力的回應後，她再次走到阿月面前，伸出代表友誼的右手並説：「好，我哋決定同你同盟，一齊行動。」阿

月見狀也爽快的伸出右手與她緊握，就這樣，一個各懷鬼胎的同盟便結成了。

「My pleasure，」阿月笑說：「作為同盟，為表我嘅誠意，我唔介意同你哋分享情報，話畀你哋知目前我哋有咩錦囊。」他風度翩翩、溫文爾雅，親切的笑容中又帶點壞壞的感覺，這種不協調反而造就了他的獨特性，魅力十足。

「目前為止，我搵到五個錦囊，而佢搵到一個。我搵到嘅分別係紅色錦囊嘅小鐵球、藍色錦囊嘅兩張紙條，『目視光明，衝破困局』、『填滿再填滿，讓我肉身重現人間』、黃色錦囊嘅『代捉，一』，同埋綠色錦囊嘅『上捉上，下捉下；有隔牆，無穿針』。」阿月說完便望向老鬼，把透明盒子遞給他，示意輪到他。

老鬼接過透明盒子，然後說：「個錦囊就喺裏面，不過我搞唔掂個拼圖⋯⋯」

「所以佢喺喺諗住搵我幫手砌好佢，點知你哋就出現咗，不如我哋一齊完成佢，好唔好？」阿月搶先說，避免老鬼會說出有損他形像的說話。

老鬼把透明盒子放在中間，幽幽看到後，快速的移動拼圖，三兩下功夫之後，「喀嚓」，透明盒子應聲打開了，裏面的綠色錦囊終於得以重見天日。

3.2.1. 捉伊因

「快啲打開佢睇下喇啲咩。」Maria 媽媽肉緊的催促。

老鬼連忙拿起錦囊打開，裏面是一張紙條，寫着「無自解，無碰解」。

看到這句之後，幽幽立即想起了甚麼，興奮的説：「我記得咩係『何』喇！」

眾人被她的發言所吸引，全都望向她，她也毫不吝嗇露出電子手環並分享説：「我哋目前只係得一個錦囊，就係呢個寫住『何，三』嘅電子手環。」

阿月看到後心裏又在盤算着：「呢個『何』絕對會破壞我所有嘅部署，一定要搶過嚟，或者盡快消耗晒佢先得。」

「我就無錦囊，不過我都有啲分享，呢個細路係剩低嘅另一伙人之一，而家畀我哋拎咗嚟做人質，佢哋同隻鬼合作，我哋要小心啲，因為好似俾隻鬼捉到就會死。」Maria 媽媽告誡眾人。

「同隻鬼合作？」雖然這都是阿月意料之內，但他還是裝作很驚訝的説：「估唔到班人竟然為咗贏就同隻鬼一伙，我哋更加要團結，唔好輸畀佢哋！」他故意這樣説，目的是加劇兩伙人的敵意，只有越混亂，他才越有機會勝利。

「先唔係咁，你哋唔好亂講。」野仔立即反駁，可是根本沒有人理會他。

「我哋應該要有一個作戰計劃。」阿月凝重的道，其餘的人都屏息以待定睛看着他，他看到各人也不發一言，便意會到他們都以為馬首是瞻，他也老實不客氣的接過領袖臂章，接着說：「我哋絕對唔能夠同佢哋硬碰硬，因為咁樣我哋一定會輸，始終我哋無反制隻鬼嘅手段，所以首先我認為要令到佢哋自相殘殺，等佢哋嘅同盟解散，咁我哋先有勝算。」

「可以點贏？」老鬼問。

「我認為 Sigmond Fread 搞呢個實驗，係有機制畀我哋贏隻鬼，但目前我都未知，不過我相信答案會喺錦囊入面，所以我認為我哋要兵分兩路，兩個去搵錦囊，兩個去拆散佢哋個同盟。」阿月說出他的計劃。

而野仔聽到後也立即說：「樂哥都係咁講，我啱啱都係咁話喎，而家你哋信啦！我哋一齊聯手，會更加快搞掂。」

「收聲！你哋同隻鬼一伙，一定唔慌係好人！」Maria 媽媽喝叱道。

「唔好再話佢喇，」阿月出聲阻止：「睇佢都係入世未深先咁

易俾人呃，我哋應該要慢慢融化佢。」

「你先俾人呃！」野仔反駁。

「你哋埋嚟，我諗住咁樣分，你哋就帶住佢繼續搵錦囊，我同佢就去分化佢哋，等佢哋認清隻鬼嘅真正目的。」阿月小聲說。

「有無咩唔清楚？」阿月問，眾人搖頭，雙眼炯炯有神，信心十足，見狀阿月便宣布：「咁作戰正式開始！」

+×+×+×+×+×+×+×+×+×+×+

而在三樓的另一伙人，他們暫時忘記損失了野仔的傷痛，繼續尋找錦囊。他們逐間房仔細搜索，一共找到了三個錦囊。

經過一番努力後，總算把錦囊都打開，分別是兩個紅色和一個藍色。

「一個鎖匙模、一個玩具劍、仲有張『滄海一聲笑』，呢啲嘢想點？」KT 完全摸不着頭腦。

「呢一刻我哋未知，但肯定有用！我哋繼續搵就會搵到答案！」樂哥信心十足的說，其他人也被感染，繼續努力尋找錦囊。

房間搜過後，他們便轉到在廳堂搜索，三樓廳堂的佈置有一張很大的「Ｃ」字形沙發，中間放着一張圓形桌子，很適合聚會；而牆上有一面超巨型落地玻璃窗，窗外是壯麗的山景、清澈的湖景以及遼闊的天空，就像是大自然的美麗畫作，百看不厭；而在角落處則同樣有數盆樹作裝飾，為沉重的遊戲加點生氣。

「個廳好似無錦囊。」福伯仔細找過沙發和圓桌後便下定論。

而阿雲則站在沙發後定睛的看着窗外如畫的景色出神，直至樂哥拍他才回過神來。

「有發現？」樂哥隨口問。

阿雲搖搖頭，抽一口氣後答：「只係覺得個景咁靚，如果唔係玩呢場遊戲，而係一齊嚟渡假，你話幾好。不過唔知點解，我硬係覺得呢度嘅佈置有啲違和。」

「違和？」樂哥再看一次廳的佈置，然後走到沙發旁細心檢查後，便站起來對着阿雲笑說：「掂掂掂，違和嘅地方我已經知喺邊，你過嚟望下個地板就一清二楚。」

阿雲、KT和福伯也一起走到沙發旁查看地板，然後一起發出一聲：「哦！」

　　「C」字形沙發的開口對着房門，所以沙發坐滿了，會有三分一人看不到窗外風景，這落地大玻璃的設計便不能服務所有人，這便是違和的地方，而這並非憑空想像，地板的花紋提供了確鑿的證據。地板與沙發和桌子是一體的，要轉動沙發，即是轉動地板，而現在地板的花紋明顯對不上，換言之沙發本不應在現在的位置上。

　　「我哋將佢轉返去正確位置先，可能會有發現。」樂哥帶領各人一起把「C」字的開口轉向窗，地板的花紋對上了，違和感不再，在圓桌上也有一個盒子升了上來，裏面裝着的是一個黃色的錦囊。

　　「阿雲，快啲打開佢睇下係咩嚟。」樂哥溫柔的説，間接認證了阿雲在這個錦囊上的貢獻。

　　「自解，一。」阿雲大聲朗讀出電子手環上的字。

　　「自解？咁應該有何。」KT衝口而出：「我哋快啲揾下何喺邊，咁就唔怕被捉。」

　　「殊！」福伯立即制止他，但已經太遲，他説出口之後才意會到自己説錯話了，連忙道歉：「我唔係咁嘅意思，我唔係懷疑你⋯⋯只係⋯⋯只係我驚有第二隻鬼出現，到時都可以保命吖嘛⋯⋯」他解釋完後也覺得沒有説服力，只好道歉認錯。

「咪傻，我明嘅，人之常情，我唔會怪你。」阿雲口裏如是說，但心底始終有點不是味兒。

「點都好，」樂哥打圓場道：「呢個錦囊都係阿雲搵到，所以都歸佢。」各人都同意這個決定，縱使 KT 顯得有點依依不捨，但還是以大局為重。

尋找完廳之後，他們便移師到最後兩間房展開搜尋，即是玩偶房和演奏房。

「呢間玩偶房我搵過，先入為主嘅關係，再去我都唔會搵到啲乜，我去演奏房搵。」阿雲主動提出，樂哥也贊成，便與他一起到演奏房搜索，而玩偶房則交給 KT 和福伯負責。

樂哥和阿雲甫進入演奏房，便被眼前的景象弄得眼花繚亂，滿地的樂器和樂譜，十足一個廢置場般混亂，不過他們還是嘗試從中找出一些有用和看似與錦囊有關的東西。

「睇下呢份樂譜，」阿雲很快便找到了被幽幽和 Maria 媽媽遺棄的《致愛麗絲》，遞給樂哥問：「呢首歌得一半，會唔會有啲咩玄機？」

樂哥看了一眼便搖頭說：「我覺得無咩特別，除咗貝多芬嘅《致愛麗絲》，呢度仲有巴拉諾夫斯卡嘅《少女的祈禱》，同樣都

係俾人整齊咁撕落嚟，只係得一部份，我反而覺得比起首歌本身，呢兩首歌嘅共通點仲有更多想像空間。」

「兩首都被改篇過成為流行曲，之但係有咩關係呢？」阿雲苦思着。

樂哥看到後，不禁笑了，立即為他的伙伴破除迷思：「答案就係無關係。呢兩張樂譜都係幌子，用嚟 side track 我哋，我覺得地下嘅樂器先係重點。」

說完後，樂哥隨手拿起一個大提琴，然後說：「呢個大提琴我唔知係真定假，始終我唔係呢方面嘅專家，但如果係真嘅話，咁呢個遊戲背後嘅金主真係錢多到唔知點用。」

「呢個大提琴有咩特別？琴行大把。」阿雲不解。

樂哥笑着說：「呢個大提琴個名叫 Mon Tagnana，有三百年歷史，係馬友友用嘅，市值最少二百五十萬美金。」

聽到「二百五十萬美金」這幾個字，阿雲不禁「嘩」了一聲，他萬萬想不到一個大提琴竟然這麼值錢。

樂哥又在地上拿起一個小提琴，然後介紹：「呢個小提琴最少值六百萬美金，叫 The Lord Wilton。」

說到這，阿雲已經不敢相信眼前的一切，可是樂哥還不願停下來，他指着阿雲身後的鋼琴說：「依我粗略咁睇呢度嘅樂器，你而家挨住嘅呢部貝西斯坦路易十五係最貴，雖然已經係重製，但都最少值二千萬美金。」

阿雲嚇得立即站直，不敢再依傍着它，生怕會弄髒它然後要賠償。接着他問了樂哥一個人人也很好奇的問題：「點解你會識咁多呢啲樂器嘢？」

「我本身開鋪賣錶，識到啲唔同嘅人脈，大家得閒出嚟飯聚傾偈，幾年落嚟就識多咗好多唔同嘢。」樂哥輕描淡寫的道。

「咁呢啲樂器同錦囊有咩關係？」阿雲問。

「唔知喎，我覺得有機會嗟。」樂哥答：「呢度咁多唔同種類嘅樂器，有啲係唔唔嗰啲貴嘢，亦都有啲係普通嘢，或者將啲貴嘢搵晒出嚟，可能有線索呢。」接着樂哥便把各式各樣的超名貴樂器也找出來集合在一起。

「跟住應該點？」阿雲問。

「出嚟喇，神龍！」樂哥大叫，但甚麼事也沒有發生。

「吓？」阿雲呆了。

「哈哈，搞下笑啫。」樂哥調皮的説：「呢啲樂器每個都有一個字母，應該可以串成一個字，或者就係線索。」

阿雲立即檢查，發現每件樂器真的有一個英文字母，而其他普通的樂器是沒有的，可是他完全想不到這是一個甚麼字。

「N、O、F、O、I、T、P、E、R、A，究竟會係咩字？」阿雲完全猜不到，連樂哥也一時之間杳無頭緒。

「要憑空想像都幾難，不過唔知點解我硬係覺得同音樂嘅嘢有關。」樂哥歪着頭説。

「仲有個問題，佢點知我哋排好咗？」阿雲也提出另一個關鍵問題。他們環顧整個房間，始終也看不到任何輸入裝置，或者安放這些樂器的特定位置，就算排好也沒有辦法觸發機關，這兩個難題令他們陷入了泥沼。

玩偶房內，KT 和福伯翻轉了整個房間也沒有找到錦囊，但福伯卻異常的感觸。

「你知唔知啊，呢個椰菜娃娃喺我後生嗰時好受歡迎，人人爭住要。哈，咁樣衰嘅公仔，都唔知點解會咁多人搶。」福伯説着説着，眼淚不自覺的流下來。

「喂，福伯，見返一個公仔啫，你唔使感動到喊啩？拎個返去囉。」KT 不明就裏，開玩笑道。

福伯聽到之後，不禁悲從中來，老淚縱橫，KT 見狀顯得手足無措，不知如何是好。

「我個女……當年就係因為呢個公仔……」福伯斷斷續續的說：「俾人推咗落路軌車死咗……」

聽到如此驚人的消息，KT 也反應不及，只懂為自己剛才無心的失言道歉，接着下來的數分鐘，房間都只餘下福伯的啜泣聲在迴響。

3.2.1. 捉伊因

3,2,1...捉伊因

#07 陷阱

「P、I、A、N、O，鋼琴 piano。」樂哥興奮的説，他和阿雲已經對着這十個字母超過十分鐘，總算找到一個像樣點的字。

「咁 E、T、F、R、O 呢?」阿雲問，剛才還很興奮的樂哥立即靜了，繼續苦思。

「應該係 fortepiano，古鋼琴。」一把年青的聲音從門口傳來，回頭一看原來是阿月。

「唔該晒，原來係咁。」樂哥連忙道謝，但同時也提高警覺，試探性的問:「你哋喑喑綁走咗野仔，而家上嚟想同我哋講數?」

阿月連忙否認，表現親切的一面説:「我叫阿月，你哋千祈唔好誤會，我哋無惡意。之前發生嘅事幽幽已經講咗畀我知，我都好認同你哋嘅諗法，所以我先特登帶埋佢上嚟同你哋道歉。而野仔喺一樓好安全，佢同我哋另外兩個隊友一齊搵緊錦囊，希望可以快啲結束呢場遊戲。」

樂哥不虞有詐，而的確，阿月的樣子和態度也真的十分誠懇，加上多一個朋友總比多一個敵人好，於是爽快的接受了他倆的道歉。

「快啲將野仔帶返嚟!」阿雲似乎未完全接受他倆，幽幽更被他的激動嚇壞了，立即躲到阿月身後，樂哥連忙作出調停。

「冷靜啲，最少野仔無事先，佢喺下面幫手揾錦囊，證明佢都覺得呢班人信得過，咁我哋更加無懷疑佢哋嘅理由，一齊去揾逃走方法事半功倍。」樂哥勸説，不知何故，只要樂哥出聲，阿雲都會接受。

「鬼大哥，見你咁着緊野仔，我哋快啲解決埋呢個機關攞錦囊先，之後再帶你去揾佢。」阿月提議道，阿雲經樂哥勸説後也點頭。

他們雖然已經知道字母排序，但還未知應該安放在哪才能發動機關，此時幽幽發言：「唔唔我同 Maria 媽媽喺度揾過一輪，但都揾唔到啲咩機關，會唔會其實唔係喺呢度？」

阿月卻打對台説：「我有預感會喺度，我哋再揾下。」阿月身先士卒四處尋找，不出意外的，又是他找到了機關。

「我揾到喇！我都話會喺度㗎喇。」阿月把貝西斯坦路易十五稍稍推向牆，地板便升起了九個放樂器的支架。

雖然有點好奇，但樂哥還是稱讚道：「勁勁勁，咁你都揾到，真係勁揪。」然後四人便把樂器按字母排序放好，另一面牆的地板便打開了，他們朝思暮想的錦囊安靜的躺在裏面。

「係藍色錦囊，唔知入面有啲咩。」幽幽好奇的問。

樂哥打開錦囊，內裏有一張紙條寫着「Six feet under」。

「即係點？」大家看到後也猜不到它的意思，字面意思當然很容易理解，六呎之下，亦即暗指死去，但背後的意思真的是這樣嗎？

大家都想弄個明白，但始終未有任何想法，而此時，阿雲亦躁動起來：「喂，唔好理呢句嘢先，快啲帶我去搵野仔！」

阿月顯得不太願意，因為他想弄明白當中意思，但礙於阿雲苦苦哀求、喵喵逼人，他也只好先以大局為重，一切按他的「計劃」行事。

「好，咁我哋帶佢落去搵返野仔先，你喺度繼續搵，一陣我哋全部人喺度集合。」阿月說畢，便與幽幽帶着阿雲落一樓，阿雲異常興奮，一馬當先跑下去，這一切完全按阿月的「計劃」進行着。

「鬼大哥，唔好行咁快，會嚇親佢哋㗎。」阿月緊跟其後說，阿雲聽到後也放慢了腳步，好讓他們能跟上。

幽幽吃力的跟在他倆身後，勉強能跟上，但已經上氣不接下氣。而事情的發生，就是在二樓到一樓的梯間，剛剛只有阿月、幽幽和阿雲三人，並無其他目擊者。

「啊!」突然,整間大宅都迴響着阿月悲痛的哀號:「你……你點可以咁樣?果然係信唔過?唔好呀!救命呀!」

在大宅各處專心尋找錦囊的眾人聽到悲鳴後都放下手頭上的事,走到走廊去查看發生了甚麼事。

梯間傳來兩種不同的急促腳步聲,一個比較輕盈,一個比較沉重。腳步聲由梯間傳到二樓,由二樓傳到三樓,傳眼間,樓梯口便出現了阿月慌張的身影,他邊跑邊說:「隻鬼露出真面目喇!佢捉咗幽幽,然後幽幽就死咗,快啲匿埋呀!」

「咩話?無可能㗎……」樂哥聽到後半信半疑。

KT和福伯則從悲哀的氛圍中回到現實,立即鎖門並躲起來,KT小聲對福伯說:「我一路都覺得隻鬼信唔過,果然無錯,係陷阱。」福伯不置可否,因為他始終覺得事情必定有內幕。

阿月跑到樂哥旁捉起他的手,一起跑進演奏室並鎖上門,把身後的阿雲隔絕在門外。

「發生咩事?」樂哥問:「係咪有咩誤會?等我問清楚阿雲究竟係咩事……」語畢他便打算開門,但立即遭到阿月阻止。

「千祈唔好,啱啱同佢落去嘅時候,本身我哋都有講有笑,但

115

唔知點解去到二樓落一樓嘅樓梯嗰時，佢突然發狂，轉身一嘢啪落嚟，好彩我閃得快，但幽幽就避唔切，俾佢捉咗⋯⋯」阿月聲淚俱下的憶述。

「點會咁㗎？無可能！阿雲唔係咁嘅人嚟。」樂哥還是不願相信。

「樂哥，我都係為你好先話你知，我覺得佢一直都係扮同你哋合作，最後趁你哋放低戒心再捉晒你哋，喺喺條樓梯得返我哋三個人嘅時候就即刻原形畢露，你唔見佢喺喺幾搏命咁追我咩？佢想殺我滅口從而滅聲，然後再作故仔屈我哋。」阿月連珠砲發，七情上面，令樂哥一時之間都糊塗了。

「樂哥！」、「樂哥！」、「樂哥！」

阿月不停的說，樂哥被他說得煩躁起來，思緒也完全被他擾亂了，一時間不能運作，失去了往常的冷靜，沒有了判斷力，甚麼也想不到。

「得喇，我知喇，但我哋而家係呢間房入面就好似籠中鳥咁，遲早都會俾佢捉。」樂哥也着急起來。

「呢層你可以放心交畀我，跟我嚟。」阿月說完便走到窗邊，打開了天花板，然後爬了上去，樂哥看到這一幕，心內對阿月的

好奇又再多添一筆。

他們爬了上去後，本想直接爬到樓梯前才下來，但樂哥突然説：「仲有 KT 同福伯，我哋要救埋佢哋。」阿月欣然接受，便先爬往旁邊的玩偶房。

而在玩偶房內的 KT 和福伯，雖然用處不大，但還是把房內大大小小所有的玩偶都堆在房門前，盡量增加阿雲的開門難度，不過由於房間不像演奏房般隔音，所以持續聽到阿雲瘋狂的拍門聲，以及發了瘋的嘶叫聲：「你個仆街同我出嚟！我唔會放過你！你哋小心啲呀！」

每一下的大力拍門聲，都彷彿拍在他倆的心門上，把他們的心也拍出來；每一次的瘋狂嘶叫聲，就好像猛獸對決前的叫陣，把他倆嚇得直直發抖。

他們瑟縮一角，等待奇蹟降臨。

此時，天花板傳來「沙沙」的聲響，接着一聲「嘭」！窗邊的天花板打開了，傳來了熟悉的聲音：「喂，你哋快啲上嚟，我哋一齊逃走。」

「樂哥！」KT 和福伯異口同聲，難掩喜悅的心情。

「一個一個慢慢嚟。」阿月伸出手，福伯抓住了他，然後阿月和KT一拉一推，把福伯安全送上天花板，然後樂哥再拉KT上來。

「你哋點知個天花板有得行？明明點睇都唔似係假天花。」福伯好奇的問。

樂哥並不打算邀功，指着阿月說：「係阿月嘅功勞。」

阿月靦腆的笑說：「唔係啦，通常睇戲都係咁，所以我試下啫。唔好講咁多住，我哋快啲走先，留喺度越耐越危險，我哋快啲落返一樓通知埋其他人。既然遊戲已經重啟，咁大家就一定要有好嘅計劃先可以贏。」

「咁大家跟住阿月，輕力啲、靜靜哋咁爬過去，唔好俾阿雲發現。」樂哥輕聲道，KT和福伯都點頭示意。

就這樣，他們在阿雲的頭頂爬過，而此時的阿雲已經冷靜下來，走到玩偶房前，禮貌的敲門說：「KT、福伯，我係阿雲，我有嘢想同你哋傾下，可唔可以開一開門？」

可是沒有回應，阿雲再敲門說：「我無殺人，我可以解釋，你哋開一開門先。」

敲了兩次門後，阿雲明顯開始急躁起來，再次大力拍門並大

聲叫嚷。可是無論他怎樣努力試圖解釋都是徒勞,裏面始終沒有回應,無他,因為房間內早已空無一人。

「你哋出句聲應下我,定你哋已經中咗佢招?我數三聲,再唔應我就爆門啦!」阿雲作最後通牒,但始終得不到回應,三聲過後,他闖了空門,發現房間內早已人去樓空、空空如也,只得窗邊的天花板開了一個洞。

「可惡!點解你哋硬係唔信我……」阿雲怒氣值不斷上升,正好此時,樓梯處傳來重物跌的聲音,他回頭一看,看見樂哥等人在天花板跳下來,往二樓走去,走最後的阿月還特地回頭定睛看着他,挑釁性的做了一個開槍手勢,然後跟着跑走。

看到這一幕,阿雲的怒氣直達沸點,再也不能容忍了,他決定要把阿月捉到手。他閉目,深深吸了一口氣,再整理了面具,再次張開眼時,雙眼充滿了殺意。

「唯獨阿月呢個人,絕對唔可以放過!」阿雲跟自己立誓,然後故意用力的踏每一步,使得整棟大宅都迴盪着他的腳步聲,他要用腳步聲跟大家宣布:「捉伊因而家正式開始!」

+×+×+×+×+×+×+×+×+

「喂,你哋聽唔聽到,樓梯嗰面好嘈,係咪發生咗啲咩事?」

野仔問。

老鬼和 Maria 媽媽都放低了手頭的工作，躲起來以防萬一，但始終等不到有人走下來，反而隱約聽到有人求救：「唔好呀！救命呀！」

老鬼立即認得出這把聲，心裏暗自歡喜，但口還是故作擔心說：「係阿月，佢係咪發生咩事？唔通上面班人捉咗佢？」

「唔係噃？咁就麻煩喇，幽幽點算？會唔會俾佢哋先姦後殺？一個大好女子，咁樣俾人沾污完再無埋條命，真係命苦。」Maria 媽媽的想像力非常豐富，越想越怕，最後展露她充滿母性的一面：「唔係喇，幽幽唔使驚，Maria 媽媽而家就嚟救你！我講過會保護你，而家就嚟喇，等我！」語畢，她拿起長笛便往樓梯方向跑去。

「等埋我！」野仔亦跟了過去。

老鬼想阻止他們前去幫忙，但礙於斷了一條腿的關係，縱然使出全力依然是追不上兩人。

「噴，唯有希望佢哋同嗰個仆街一齊俾隻鬼捉晒，減少競爭對手。」老鬼心想，可是下一秒，樓梯便傳來 Maria 媽媽的慘叫。

老鬼聽到後第一時間便找一個最近的藏身之處，並暗自竊

喜：「又捉多件，正！」

「點解……點解……你又話佢唔會再捉人？果然無人係信得過！」樓梯處再度傳來 Maria 媽媽的責罵聲，中間夾雜着哭聲。

「唔好唔開心，人死不能復生，當中一定有蹊蹺，阿雲唔會咁做……可能係佢心急得滯叉錯腳跌落樓梯，阿雲想保護佢下意識捉實佢呢……」野仔雖然口裏還是為阿雲辯護，但都知道是百詞莫辯，心裏亦開始產生懷疑。

「頂！搞錯，乜咁都無事喫。」老鬼大失所望，於是辛苦的拖着瘸腿走到樓梯前，哭喪着臉的說：「可惡呀！阿月點做嘢喫？唔係應該會保護幽幽喫咩？點解佢會死咗喫？一個咁好嘅女仔點解要死？真係罪無可恕，我一定會幫你報仇，你好好安息。」

說完之後，他又走到 Maria 媽媽身邊安慰道：「雖然識咗你哋好短時間，但都睇得出你哋情同母女，我衷心感到難過，我哋好好咁安葬佢啦。」

他們合力把幽幽的屍體搬到開始之房旁的房間內，這間房放滿冷凍食品，是一個冷藏庫，用來擺放屍體正好適合。

「呼……凍到震，入一入去都差啲頂唔鬼順，俾人困喺入面實凍到結冰。」老鬼往凍得無血色的雙手呼氣，同時臉部有零點一

秒的抽搐。

「幽幽，你好好休息，Maria 媽媽會幫你報仇。」Maria 媽媽雙手合十、閉上眼默念着。

野仔定睛看着幽幽的屍體問：「點解佢好似少咗啲嘢？」

聽到這句話，Maria 媽媽立即睜大眼睛查看，然後説：「細路，你唔好亂講，邊有啲少到？」

「唔係喎，等陣先，睇睇下，又真係好似有啲嘢少咗。」老鬼正好搵到中傷阿月的機會，他扮作認真查看屍體，然後説：「佢條電子手環唔見咗！」

聽此一説，Maria 媽媽立即查看幽幽雙手，甚至搜她的身，但真的發現不到電子手環的蹤跡。老鬼立即引導眾人：「可能係阿月偷咗，然後推佢落樓梯，最後扮受害者喺度大叫想屈隻鬼。」

「都有可能喎，我始終相信阿雲唔會亂捉人。」難得有人支持，野仔立即替阿雲辯護。

「嘩！講嗰個唔笑，聽嗰個都笑啦，咁嘅故仔你都作得出？你唔好去做大台編劇？好明顯幽幽就係俾隻鬼捉，個手環肯定係隻鬼攞埋。Maria 媽媽信阿月係好人，因為幽幽都信佢。」Maria 媽

媽堅持己見，沒有動搖，甚至還訓斥道：「老鬼，個細路入世未深俾人呃都算，做乜連你咁大個人、經歷過咁多嘢，都仲係不分青紅皂白？Maria 媽媽對你好失望，我哋理念唔同，唔可以再一齊行動。」

雖然她作用不大，但多一個人多一分力，為了報復阿月，多一個人也是很多，老鬼立即七情上面，向她坦白：「你老闆！你估我隻腳係自己仆街仆斷？好人好者點會無啦啦斷，你有無諗過？係條仆街拗斷我㗎！我為咗揭發佢而俾佢滅口，但好彩我識做人，先勉強保得住條命。佢肯同我組隊都係睇在個錦囊份上，唔係你哋咁唔啱落到㗎，個錦囊佢已經據為己有。我估計到而家所有嘅事都係佢已經計算好，我哋全部都係佢嘅棋子，佢份人唔簡單㗎。」

Maria 媽媽聽到後反應很大，但卻不是朝老鬼所想發展。

「居心叵測！」Maria 媽媽拋下四個大字便拿着長笛走了，留下老鬼和野仔在原地。他倆四目交投、面面相覷，尷尬的氣氛維持了數十秒，野仔率先開口：「可唔可以講多啲你話揭發佢係點解？」

「我懷疑佢唔係第一次玩，又或者佢係媒，背後有人幫。」老鬼調整聲線，故意營造出懸疑氣。

野仔聽到後有點驚訝，不禁追問：「咁爆？佢做過啲乜令你

懷疑?」

「佢條仆街好似特別容易揾到啲錦囊,完全知道晒放喺邊鬼度咁。無親眼見過你係唔會信,連嗰啲喺暗格暗到你唔會想像到,亦都完全無提示嘅地方,佢都可以一下子就揾到出嚟,你話有無可能?一定係本身知道收喺邊先會揾到。」老鬼激動的說。

「如果真係咁⋯⋯」野仔思考了一下說:「咁樂哥佢哋就好危險,阿雲會再次被孤立,場遊戲就會再次開始,咁就會再有人犧牲,唔可以俾呢件事發生。」

「我哋一齊去阻止佢!」野仔望向老鬼,同時伸出右手。

老鬼猶疑的問:「我哋?憑咩?一個跛佬同一個細路,盞送死。」

野仔自信的道:「我自然有辦法。」

3.2.1. 起伊因

3,2,1... 捉伊因

#08 遊戲重啟

阿雲踏着沉重的腳步，在二樓搜尋樂哥等人的蹤影。

「可惡，頭先太上頭，無睇清楚個賤人阿月去咗邊，俾佢利用咗個盲點。」阿雲自我責備，只有在二樓逐間房檢查。

「我哋匿喺度安唔安全㗎？」KT 小聲的問。

「如果你唔講嘢，而我哋又小心啲唔發出任何噪音，理論上係安全。」阿月小聲的嗆他，KT 氣得差點想揍他，但中間隔着福伯所以作罷。

此刻的四人正擠在一個狹小的空間內盡量不動，差點連呼吸也不敢，以免發出聲響被阿雲發現，因為阿雲此時正正在他們下方。

「呢間房咁多植物，好大陣草青味，佢哋匿喺度頂得順咩？」阿雲邊找邊自言自語。有了玩偶房和演奏房的經驗，他除了找明顯的匿藏位外，還敲打牆壁，看看有沒有暗格，但一無所獲。

「呢間房睇嚟無咩機關暗格，差個廁所，雖然應該唔會有人，但都睇埋，可能就係玩捉心理。」阿雲心想。

他去嘗試開門，但竟然開不到，他再出力推，還是未能開啟，他開始對洗手間內藏有甚麼人有點期待，興奮的說：「我知你哋

喺度，你哋走唔甩㗎喇，不過其實我淨係想捉阿月，你哋只交佢出嚟，咁我哋之後仲可以繼續一齊搵錦囊一齊走。」

這番說話被藏在天花板的四人聽到，由於聲音來自他們下方，而他們又看不到阿雲所在，所以 KT 和福伯都認為阿雲已經發現了他們，顯得焦急起來，開始討論交出阿月的可能性，但這些聲音迅速便被樂哥遏止了。

「你哋冷靜啲，如果佢真係發現到我哋，仲點會咁講？直接抽咗我哋落去喇。大家信我，等多陣。佢而家虛張聲勢、想分化我哋喳，千祈唔好中計。情況越係嚴峻，我哋越要團結。」無可否認，樂哥的精神喊話是別具魔力，只要他開口，任何人也會接受，包括 KT 和福伯。

「咁好啦，只不過我哋要匿到幾時？呢座大宅就係得呢幾層，層與層之間淨係得一條樓梯連接，只要我哋俾佢逼到去地下或者係三樓，基本上就等於密室，實全滅㗎喎。」KT 說出了一個他們未想過的困境，大家一時間也想不出如何解困。

「喺地下或者仲有機會……」KT 後補一句：「斷估地下唔會都係一條走廊咁啩。」後補的這句，令低落的情緒稍為提高一點，但士氣依然低落。

阿月見狀，立即說：「呢啲到時再算，船到橋頭自然直，我

129

哋解決咗而家嘅困境再算。」可是並未能令各人士氣回升，與樂哥的效果相去甚遠，於是他暗自心想：「可惡！睇嚟要做啲嘢。」

與此同時，在洗手間門前的阿雲說完那番話之後，便鼓足幹勁大力一撞。

「嘭」！門應聲被撞開。

「哇！」阿雲傳來悲鳴。

「乒鈴嚇唥」！洗手間傳來各種物件被撞跌的聲音。

「掂掂掂，呢個就係 Joyce 嘅反擊，等咁耐就係等呢刻，我哋快啲走。」樂哥大喜，並命各人迅速逃離現場。

他們沿着天花板迅速爬走，可是因為為了追求速度，他們忽略了力度，整個天花板都傳出很大的噪音，縱然阿雲滑倒在地上還未完全清醒，但聲音已經傳到他的耳內。

阿雲晃了晃頭，使自己回復清醒，然後生氣的說：「可惡，你班人竟然整個咁嘅陷阱跣我，枉我仲當你哋係戰友！你哋不仁在先，咁就唔好怪我不義！既然遊戲賜予我生殺大權，我之前無好好運用真係傻，而家我總算清醒，亦都認清晒你哋班人嘅真面目，除咗佢，我唔會放過你哋任何一個，你班老鼠最喈就係喺天

花板度走嚟走去!」

　　說完他便爬了起來,循着聲音走到他們後面跟隨,躲起來等待他們下來。

　　「喂,我哋咁大聲,行蹤咪暴露晒?阿雲會知我哋喺邊㗎喎。」KT 突然注意到這個細節。

　　福伯則大安旨意的説:「唔使怕,喘喘聽落都知跣到佢攤攤腰,睇佢都仲喺廁所未起得返身,畀佢知都無所謂,佢嚟到我哋都走咗。」

　　「千祈唔好咁諗,我哋隨時都要保持警覺,作最壞打算,唔好掉以輕心,悲劇往往就係咁發生。」樂哥立即告誡他們。

　　阿月一心想減少競爭對手,故小聲的嘀咕道:「咁係你悲觀啫。」

　　「咩話?」樂哥聽得不清楚,阿月立即改口説:「我話有備無患就啱。」

　　這一切都看在 KT 和福伯眼裏,這一個看似很小的舉動,其實充滿心機,刻意營造樂哥專橫獨裁的假像,為後來推翻樂哥的領導而鋪路。

「阿月，我哋而家到樓梯口未？」樂哥問。

阿月查看了天花板的布局，然後點頭示意，之後樂哥下達指令：「一陣我望下安唔安全先，安全嘅話就逐個逐個落嚟，之後我哋再落下一層。」

KT和福伯都點頭表示同意，只有阿月回話：「你係leader，你話事喇，我哋實會聽㗎。」這說話聽耳聽並無不妥，但只要仔細回味就會發現字字都有骨，不過樂哥作為做大事的人，根本不拘這些小節。

樂哥小心翼翼的拆掉天花板，然後吞了一大口口水，鼓起勇氣探頭查看，環顧四周，無人，於是便跟眾人匯報：「安全，我哋一個一個落嚟，KT先。之後你幫手喺下面接住福伯，之後阿月，最後我，有無問題？」

「你安排啦，你做大，我哋實無問題。」阿月再次說出有骨的說話。

如是者，他們按照計劃，逐個逐個回到地面，直到最後輪到樂哥時，情勢突然出現了變化！

「喂！快啲走！」樂哥大吼。

　　KT、福伯和阿月三人回頭一看，見到阿雲正從遠處跑來，立即嚇得雞飛狗走，三步併作兩步的跑落樓梯。可是，迎面卻有人跑上來，與他們撞個正着。

　　「喂，野仔，乜咁喭呀？」KT立即打招呼，但並未減慢腳步。

　　福伯也一鼓作氣往下跑，拋下一句：「唔好上去，隻鬼追緊我哋，快啲走！」

　　KT、福伯和阿雲都相繼出現在野仔眼前，唯獨少了一個人，於是他立即問：「樂哥呢？樂哥喺邊？」

　　而在一旁的老鬼沒有理會太多，聽到鬼正追來便拉着野仔走，可是野仔堅決要往上跑，老鬼也只好放棄。阿月見機不可失，立即趁機中傷樂哥道：「佢同隻鬼夾埋，推吃我哋三個落嚟送死，而家自己喺上面安安全全，你唔想死就快啲走！」

　　聽到這番話的野仔當然不相信，特別是出自阿月的口，可是KT和福伯因為一直受到阿月的潛移默化，終於被攻破心房，也一併喊道：「野仔，佢講得無錯，個樂哥係奸㗎，係佢推我哋落嚟送死，係佢一直堅持唔落嚟救你，你唔好咁傻，命仔緊要呀！」

　　就在此時，阿雲已經站在二樓樓梯處，野仔則在樓梯中間，而其餘的人已經逃到一樓，他們看到阿雲後更是立即四散。

「阿雲，話我知，佢哋講嘅嘢係假嘅，樂哥唔係咁嘅人，你都唔係咁嘅人，係咪？」野仔激動的問阿雲，淚水經在眼框內滾動着。

阿雲看了一眼野仔，並沒有說甚麼，懷着被出賣的心情的他已經被怒火所蒙蔽，理性接近斷線，一步一步的在野仔身邊走過，無視了他，唯一尚有的理性，就是野仔故意擋在他面前時，他會以身體撞開他，而非雙手推開他。阿雲就這樣離開了他，把他獨自留在樓梯間。

此一幕，被一個人偷偷的看在眼裏，她深感不妙：「個細路喺隻鬼面前毫無防備都唔捉佢而捉其他人，唔通佢先係同隻鬼一伙嘅人，其他都唔係？」

「喂，野仔！」樓上傳來樂哥的聲音，聽到外面已經變得安靜的樂哥探頭出來，一眼便看到野仔。

野仔循聲抬頭查看，率先影入眼簾的是一個鬼祟的身影消失了，他一度以為自己看錯，疑惑的問：「樂哥？」

「天花板。」樂哥直接說，野仔才抬頭看到他，他喜極而泣，立即跑上去幫助樂哥返回地面，把鬼祟身影的事都拋諸腦後。

「樂哥，你無事就好。啱啱佢哋話你同阿雲夾埋，推佢哋去送

死，我知實情一定唔係咁，究竟發生咩事？」野仔用哭腔將自己心底的疑問一口氣問完。

樂哥看到他哭了，隨即安慰道：「我點會有事，我似咁渣咩？唔使咁擔心喎。至於佢哋話我夾埋，只係時間咁啱啫，佢哋誤會咗，我同佢哋解釋返就無事。反而我又好奇，點解阿雲失晒理性咁，但係見到你都唔捉你嘅？」

野仔聽到後，立即意會到些甚麼，很大反應的解釋：「我唔係同佢一伙㗎，我都唔知點解㗎，我真係唔識佢㗎……」

樂哥看到他的反應便大笑起來，笑得淚水都流出來，他邊擦眼淚邊說：「冷靜啲，我唔係懷疑你，我只係諗緊當中係啲咩原因啫，係咪佢捉人都要根據啲咩規則、流程或者條件呢？」

「咁我又唔知……」野仔也毫無頭緒，不過他記起有一件重要的事情要跟樂哥說：「個阿月，佢好有可疑，啱啱老鬼同我講佢啲可疑嘢，我聽完都覺得佢有蠱惑。」於是乎野仔便將老鬼的說話轉述一次給樂哥聽，樂哥聽完後立即回憶起一些片斷。

「咁就一切都講得通。」樂哥總結道。

「吓？即係點？」野仔聽不明白。

「一開始我都覺得怪怪哋，啱啱你唔喺度嗰時，我哋去咗其中一間房搵錦囊，最後搵到一堆字母，我哋諗極都唔知係一個咩英文字，點知佢一噏就講咗答案，跟住仲知點開個機關。到後來我哋俾阿雲追，佢又知邊度可以上到天花板秘道，明明你睇個天花板都唔似假天花，正常人點會知道？而家我終於明白晒，老鬼個推斷應該無錯，阿月、幽幽同阿雲三個落去搵你，之後阿雲就發狂，幽幽就死咗；我、佢、KT同福伯四個人逃走，佢不斷有微言，最後KT同福伯都俾佢影響。佢不斷做小動作破壞我哋嘅共贏機會，似係Sigmond Fread嘅間諜。」樂哥綜合所有情報得出結論。

野仔聽得頻頻點頭，但始終有兩個問題縈繞心中，忍不住衝口而出：「但佢又唔係鬼，點捉幽幽令佢死？真係諗唔明，同埋點解佢要偷走幽幽嘅電子手環？」

樂哥一時之間也答不到，兩人只有一邊調查，一邊繼續遊戲。

此時，他們身後傳來一把女人的聲音：「你哋啱啱講嘅嘢都係真？」

他倆被嚇了一跳，立即架起迎擊姿勢，女人並未理會，慢慢從水晶吊燈刺眼的光線中走出來，繼續問：「我問你哋啱啱講嘅嘢係咪真！」

首先映入眼簾的是長笛，然後逐漸看到樣子，最後才看得清

楚整個人，此人並非甚麼神秘隱藏人物，而是比野仔早一步出發的 Maria 媽媽！

「點解你會喺度？唔唔你明明唔係向樓梯方向走喫……」野仔糊塗了，解釋不到眼前的 Maria 媽媽是怎樣出現的。

「睇嚟呢棟大宅嘅秘密比我哋所想所見多好多。」樂哥說。

「喂！你哋仲未答我問題！」Maria 媽媽怒道。

「冷靜啲，其實我哋唔係唔想答你，只係我哋都係用唔同嘅證據同供詞嚟推斷，唔係百分百準確。雖然話佢真係好可疑，但一日未確認，一日都唔可以錯怪其他人，所以我哋決定邊調查邊繼續遊戲，你 join 唔 join 埋？」樂哥順勢向 Maria 媽媽發出邀請。

野仔也附和道：「你同幽幽咁好感情，唔通你唔想查清楚係邊個殺咗佢咩？我哋嘅共同敵人應該係阿月先嘛，佢好大機會係間諜呀！」

只要提到幽幽，Maria 媽媽的情緒便會自然被牽動，她當然想查個明白，還幽幽一個公道，但眼前的兩人又是否真的可信？畢竟剛才他們的隊友才當面指控，並且頭也不回的跑走，沒有一絲猶疑與擔憂。

但若然他們所說屬實，那麼阿月才是幕後黑手，跟仇人一伙

也太過離譜了，幽幽會死不閉目。可是他身邊卻聚集了其餘的人，當中甚至有本身是另一陣營的人，一定有其原因。

一個眾叛親離，一個人才濟濟，應該選誰？

Maria 媽媽陷入了選擇困難症中，始終選不到最佳解答，於是毅然決定了第三個選擇：「我自己嚟就得，Maria 媽媽唔使有隊友。」說完她便轉身離開，獨自調查幽幽的死因。

「喂，Maria 媽媽……」儘管野仔在她身後叫喊，她心意已決，再次消失在刺眼的光線之中。

「睇嚟個女仔嘅死對佢打擊好大，佢甚至唔再相信人，但係落單嘅佢絕對係阿月嘅消滅目標，而阿雲都隨時會捉佢，佢處境好危險。」樂哥分析說。

「咁我哋就更加要幫佢，要佢同我哋一齊行動先得。」野仔的熱心和善心，經常都令樂哥有意外驚喜。

「咁我哋嘗試再去說服佢啦。」樂哥會心微笑說。

這段對話時間不足一分半鐘，而且只有一條單程路，但當他們追上去後，不管在二樓和三樓找多少遍，始終遍尋不獲 Maria 媽媽的身影。

野仔吃驚道：「我哋係咪撞鬼？」

樂哥則意味深長的笑説：「呢間大宅果然神秘，我哋落返去二樓搵錦囊啦，我相信佢有辦法生存到。」

他們達成共識，既然找不到人，便回到二樓，找他們倆未曾找過的藏書閣和健身房。

下完樓梯對住的第一間房是藏書閣，他們想也不想便進去尋找錦囊。這間房，KT 和福伯之前曾經找過，可是他們甚麼也找不到。

「佢哋搵過都仲咁整齊，睇嚟真係有嘅話都藏得好深。」野仔有感而發，旁邊的樂哥也同意並表示：「要特別留意啲書名，同埋睇下啲書中間有無挖空咗，有可能又係有啲咩機關。」

+×+×+×+×+×+×+×+×+×+×+

「救命呀！唔好捉我，我未想死住，我可以幫你㗎，我可以幫你捉晒佢哋。」老鬼跌坐地上，不斷向後退，最終被逼到牆邊。

「我點解要你幫？你又憑咩覺得自己幫到我？你連好好行步路都唔得，早啲去死，無謂獻世！」阿雲冷血的説，隨即伸出手。

「頂你個肺，死就死，啊！」老鬼作垂死反抗，用盡九牛二虎之力從地上躍起撞在阿雲身上，阿雲冷不防老鬼有此一舉，一時站不住腳被老鬼撞得人仰馬翻，而老鬼亦趁這個千載難逢的機會逃走。

不過老鬼終究還是瘸了一條腿，任憑他跑得多快，就算阿雲跌倒再站起，他還是在短短數秒內被再次追上，被封鎖在一樓的大廳。

「哼！今次你真係激嬲我喇，而家咁睇你仲有咩把戲？」阿雲忿怒的說。

老鬼其實一早便知逃走是徒勞無功，但人面對死亡又怎會有不逃的道理呢？

阿雲步步進逼，這次把老鬼逼到沙發椅背，他無情地對老鬼說：「唔好怪我，要怪就怪 Sigmond Fread。」

阿雲再次向老鬼伸出致命魔爪，老鬼嚇得向後靠，一個筋斗便栽進沙發上，這大好機會阿雲絕對不會錯過，一個箭步上前一抓，緊緊的抓住了老鬼的手臂，老鬼馬上瞪大雙眼望着他，然後口裏吐出「你老味」三個字便暈倒了。

阿月帶領 KT 和福伯逃到地下，第一次來到地下的 KT 和福伯四處張望，試圖尋找藏身之所。

「唔使搵，跟我嚟。」阿月一眼看穿他們的心意，向他們釋出善意，帶他們到之前躲藏的廚櫃藏身。

「咁你匿喺邊？」福伯問。

阿月定了一下，然後擠出笑容説：「放心，我有第二個地方匿埋，唔使擔心我。」

「睇你反應，你唔似有。」KT 立即拆穿他。

+×+×+×+×+×+×+×+×+×+

「啊⋯⋯唔係⋯⋯我有⋯⋯嘅⋯⋯係囉，我有嘅、我有嘅，你哋唔使擔心我。」阿月支吾以對，令 KT 和福伯更加懷疑，不願躲在廚櫃。

「你哋唔好咁婆媽，聽我講快啲匿入去，時間無多，隻鬼隨時會嚟！我自然有我嘅辦法，你哋唔使擔心我！」阿月着急起來，語氣也加重了，KT 和福伯見狀也只好乖乖聽話。

待他倆藏好後，阿月獨自一人走到洗手間，簡單的把門鎖上，便坐在馬桶上獨自思考。

321. 捉伊因

3,2,1...捉伊因

#09 籠中鳥

在狹窄的污衣槽內，Maria媽媽獨自一人待着，原本打算由二樓爬到地下，可是在一樓卻停了下來，全因她聽到了一些爭吵聲，在好奇心驅使下，她偷偷按低了一樓污衣槽的蓋，看到老鬼被阿雲抓的一幕，她忍不住叫了一聲：「啊！」然後又很快意識到自己不應叫出聲，便立即停了下來，靜靜的看着。

可是，這清脆的一聲卻清楚的傳到阿雲耳裏，在老鬼被抓到暈過去後，阿雲立即循聲尋找聲音來源，Maria媽媽見狀立刻嚇得關上污衣槽的蓋，並迅速逃到地下。

「唔通我聽錯？」阿雲始終找不到污衣槽秘道，於是只好自我合理化事件，想通後便哼着歌漫步到地下，把另外三個逃竄到地下的獵物一一獵殺。

或許因為沒有被捉的壓力，心情輕鬆的阿雲在樓梯間悠然自得的走，赫然發現了一個藏在上層樓梯下面的暗格，打開後有一個錦盒，錦盒由數條繩亂纏在一起綁實，看似是一個個的死結，但如果細心的觀看，其實只要拉動其中一條繩，整個結便會立即鬆脫。不過，阿雲並沒有那麼耐性，他選擇了打開這個錦盒的另一個方法——用蠻力。他用力強行把繩扯斷，這些繩在他面前就如麵條般柔軟，一扯即斷，錦盒自動打開，裏面的藍色錦囊隨即跌下來，眼明手快的阿雲一把抓住再打開，裏面又是一張紙條，寫着「讓黑暗降臨」。

「完全一頭霧水，不過都收起佢先。」阿雲心想，然後繼續落樓梯。

來到地下，他再次哼起歌，雖然是輕鬆愉快的「Candy Ball」，但在 KT 和福伯耳內都變成了催魂的輓歌。

「死火，越黎越近喇佢，會唔會發現到我哋㗎？」KT 着急的問。

與他形成強烈對比的是福伯，他異常冷靜的説：「阿月喺度都無俾人發現，我哋都一樣無問題，冷靜啲，唔好出聲，信佢就得。」

阿雲在地下環顧一周之後，第一個地方便鎖定了廚房。他慢慢走到廚房前，吃吃大笑，警告躲藏的獵物，他到來了，獵物要準備好隨時逃生或接受死亡。

「個笑聲點解可以咁猙獰？」KT 忍不住流露出厭惡的表情：「之前都嗚嗚嗚⋯⋯」

福伯立即搗住他的嘴並以口型説：「唔好出聲，一陣俾佢聽到捉咗我哋就玩完。」KT 立即報以一個「Yes sir」的手勢。

阿雲在廚房逐一打開雪櫃、焗爐、洗碗碟機和廚櫃的門，每

次打開前，都會先大力敲打門或機身，這舉動使他們的恐懼值飆升，每一次都嚇破膽。

而最害怕的事終究還是會來，這次被敲打的正是他倆匿藏的廚櫃。

「嘭」、「嘭」兩聲，把在廚櫃內的福伯差點嚇得心臟病發，他們盡量往廚櫃內擠、盡力把自己縮作一團，把廚櫃內的廚具都放在他們前面遮擋，希望在昏暗的廚櫃內能蒙混過關、平安渡過。

隨着嚇破膽的一聲「啪」，廚櫃的門被大力趟開，阿雲往裏面一瞧，然後說：「哎呀，估錯咗，竟然無人匿喺廚房㗎。」之後便起身離去。

大難不死的 KT 和福伯頓時鬆一口氣，放下了心頭大石，不過他們還是很謹慎，依然維持警剔，始終不動聲色，不敢有所動靜。大約十分鐘後，他們確定阿雲真的離開了，才輕手輕腳的爬出廚櫃。

「Dear my friend，」一把令人心寒的聲音由他倆身後傳來，同時，他們的肩膀一沉，一雙大手分別搭在兩人的肩上，然後邪惡的說：「Gotcha，我哋仲有少少時間可以聚下舊。」

「阿雲！可惡呀！你條仆街！」KT 既驚恐又憤怒的大罵。

「估唔到最後結局會係咁……」福伯飲恨的説。

「你哋唔會天真到以為我真係見你哋唔到啩？」阿雲壞壞的笑着説：「我覺得就咁捉到你哋一啲都唔好玩，應該要令你哋心情大上大落先有遊戲體驗。而家咁係咪好好玩，完全估我唔到呢？嘻嘻。」

「我要同你攬住一齊死！」語畢 KT 便往刀具架走去，可是他的腳卻不聽使喚，或者更清楚的説，是他的鞋不聽使喚，牢牢地黏在地上一動也不動，導致 KT 栽了一個跟頭，狠狠的趴在地上。

「AA 膠做惡作劇原來都幾好玩。」阿雲驚嘆。

「利路彭！」KT 想爬起來，阿雲立即勸阻他：「哎、哎、哎，咪呀！我係你就唔會起身喇，除非你想喺死之前體驗皮開肉綻之苦兼且毀容。」

KT 不信，嘗試起來，但雙手和臉因為 AA 膠的關係已經跟地面狠狠的黏在一起，不犧牲不會得到自由。

「喏喇，而家咁咪幾好，可以好好調整心情迎接死亡嘅到來。」阿雲盡説風涼話。

「阿雲，點解你要咁做？你明明係一個好人，同你相處雖然

149

唔耐但我都睇得出，我睇人一向好準，你突然變到咁，中間一定有事發生，係咪有啲咩內情或者誤會？講畀我聽，我試下幫你解決。」福伯語重心長的説。

「呼八，嗯巧彼佢呢到，佢半身湊係咁嘅淫，無舒腰隊佢巧。」KT 因為一邊臉被黏在地上，説話也含糊不清，在場無人聽得明白，世間上恐怕只有他自己才知道自己説甚麼。

「做咩呀？死到臨頭想扮好人扮理解我？我都救唔到你㗎喎。唔啱你哋唔係好威㗎咩？整個陷阱裝我㗎嘛！認定我係殺人兇手，連埋嗰個阿月嚟對付我㗎嘛！我乜都無做但就塞隻死貓畀我食，而家我清醒喇，與其俾你哋塞食死貓，倒不如我真係落手，只要提晒你哋，等你哋全部出局，贏嘅就係我，到時我就可以獨吞獎金同安全離開。」阿雲歇斯底里的説。

「阿雲，我知你心入面唔係咁諗。」福伯勸説：「唔好因為一時嘅衝動而做令自己後悔嘅事。」

「我就係太好人，唔跟規則，咁先令我後悔！」阿雲決絕的道：「你哋死咗之後，我會好好活着，連你哋嗰份都活埋，唔使擔心。」

「阿⋯⋯呀⋯⋯」福伯本想繼續勸説，但時間已到，他用力揪住心臟，狀甚痛苦，然後在心絞痛中痛苦逝去。

　　而在地上的 KT 看着這一幕也感到恐懼，他以為自己也會以同樣的方式死去，但阿雲卻覺得很奇怪：「點解同第一個肥妹死時嘅情況會完全唔同？唔通每個人嘅死法都有分別？咁 KT 會係點死？」

　　抱着萬分的好奇，本身打算離開的阿雲繼續坐在廚櫃上等待着這神秘的一幕，而這一幕亦在數秒後出現。

　　KT 呼吸突然變得急速，整個人也像充氣發脹般，雙眼更充血凸出，然後無預警的斷氣了。

　　「究竟點解會有唔同死法？」阿雲充滿疑問，但可惜無人能解答他。

　　不過既然人死了，他們的錦囊自然便由阿雲繼承，他的電子手環上又再增添了數條未讀訊息。

　　綠色訊息「遊戲一開始的時候會有一隻鬼負責捉九個人。但隨着遊戲的進行，鬼可能會多於一隻」。

　　藍色訊息「滄海一聲笑」。

　　黃色訊息兩條「無視何，二」、「幫捉，二」。

「睇嚟呢啲應該係佢哋嘅錦囊，我捉咗佢哋所以就繼承咗。唔知佢哋身上面會唔會有其他道具，反正都係就搵埋。」阿雲逐漸摸索到遊戲機制，再在他們身上找到一個玩具劍。

搜刮完後，他便再次出發去找阿月的身影，而獨自藏在洗手間的阿月，知道 KT 和福伯死去後非但沒有傷心，反而露出滿足的表情，簡單的吐出一句：「辛苦晒。」

+×+×+×+×+×+×+×+×+×+

在藏書閣的樂哥和野仔埋首在書堆中，試圖找尋隱藏的錦囊。

藏書閣除了四面牆都是書架外，還擺放了三個天花板高的書架，每個書架長度都有半間房那麼長。靠近門口的地方則放了一張圓形桌子和四張椅子，門上還掛了一個以時辰來顯示時間的鐘，而鐘的造形是一個兵馬俑。

「喂，樂哥，你過嚟睇下，係金庸全集。」野仔在其中一個書架前喊道。

樂哥不以為然，只是「哦」了一聲應付了他，自己繼續尋找線索。

「『飛雪連天射白鹿，笑書神俠倚碧鴛』，好似係咁？」野仔

自言自語道。

　　就在野仔用書組成這句對聯後，整個藏書閣甚麼變化也沒有。

　　「睇嚟無咁簡單。」野仔心想，之後便繼續去其他書架尋找線索。

　　時間一分一秒的過，不過在藏書閣，絲毫感受不到時間的流逝，無他，因為一個時辰是兩小時，而中間又沒有分針，所以時間即使過了很久，還是停留在同一時辰，所以便有時間沒有過很久的錯覺。

　　突然，樂哥興奮的叫了出來，野仔立即停下查看發生了甚麼事，只見樂哥拿着一本書走到書桌前坐下，並呼喚野仔：「野仔，快啲過嚟，我搵到個關鍵喇。」

　　野仔立即跑過去，只見樂哥拿着一本叫《解碼》的書，並對他説：「入面有破解呢個藏書閣嘅關鍵。」

　　説完他打開其中一頁，標題是《圖畫》。野仔看到後還是不明白，樂哥便解釋説：「成個藏書閣都係一幅畫布，而書脊就係畫，只要拼返幅畫出嚟，就可以破解個機關。」

　　聽過樂哥解釋，野仔立即恍然大悟，但下一秒他又有另一個

問題：「幅畫係點㗎？」

「呢層……」樂哥若有所思，之後把書翻到最後一頁，拿出一張圖畫並說：「就係咁樣。」

這張圖畫並不複雜，是一個地球，下面有一個「Ｍ」字，而「Ｍ」字中間的「Ｖ」就變成「Ｙ」，或者換個角度看，像一個「Ｅ」字。

「呢個 logo……係咪啲咩組織？」野仔問。

「醒目，佢的確係一個組織嘅會徽，呢個會嘅成員全部都係高智商人士，要入會就一定要過佢嘅 IQ test，世界各地每年都會舉辦，絕對比光明會、共濟會呢啲更公開、更透明同肯定存在。」樂哥解釋。

「咁佢用得呢個會徽，成個實驗係咪同呢個組織有關？」野仔把所有事連結起來問。

「唔肯定，但都唔否認，目前我哋嘅線索都係好少，所以我都畀唔到答案你。」樂哥頓了一頓，帶點熱血的說：「但我相信只要我哋贏咗場遊戲，所有嘢都會有個答案，我哋快啲砌幅圖出嚟先。」

「好,只不過應該喺邊個書架砌出嚟?」野仔又問。

樂哥整間房走一遍後指着正對着門的書架説:「就決定係佢!」

於是他倆便在書架上找尋能砌出該會徽的書,幾經一番努力,真的讓他們砌好了。

會徽砌好的一刻,整間藏書閣也是沒有甚麼變化。

「點解……」野仔邊行邊檢查,看看是否有錯漏,可是在中間卻被一條坑絆倒在地上。

「有無事?有無拗柴?」樂哥立即上前檢查他的腳裸,幸好並無大礙。

「點解會無反應嘅?係咪我哋砌錯咗?應該係第二個書架?」野仔看着書架問。

樂哥其實也沒有答案,因為他都只是嘗試一下、賭賭運氣。

「有時候你需要宏觀一點,看清全貌,才會有意外收獲。」突然樂哥腦內想起了書的其中一句,於是他走到門前看着整間房,然後發出了一聲讚嘆:「啊!原來係咁。」

接着他走向圓桌，檢查一輪後把桌子稍為移動，再把四張椅子分別放在三個書架形成的兩條走廊，最後把中間的書架沿着坑道稍稍推前。

「咔嚓」、「轟隆」、「格格格」、「滴答滴答」、「劈啪」。

一連串的音效過後，有一本書從書架上掉下來，是一本白色的書，封面有一個詭異的手畫公仔，書名叫《三言兩語講鬼故》。

野仔上前撿起來查看，發覺其中一頁被摺起來，打開一看發現標題是《捉迷藏》。野仔立即拿過去與樂哥一起看，故事十分簡短，不用一分鐘便看完，但故事卻沒甚麼特別，既不恐怖，也不靈異，野仔激動的吐槽道：「得個故仔標題同我哋目前情況有關聯，其他完全九唔搭八，而且呢本咁嘅書，又短又唔恐怖，啲故仔無頭無尾咁，唔知想表達啲乜，仲要賣百幾蚊，唔好去搶？個作者咁都夠膽死出書，真係識寫字就可以出書。」

樂哥則平心靜氣的說：「百貨撞百客，總有人鍾意嘅。再講，用下啲想像力聯想力，其實都可以諗到有啲恐怖嘅，就好似呢個咁，應該係想講嗰個一齊玩唔會走嘅細路其實唔係人，所以一直搵唔到係因為匿埋嗰時無人見到佢，而當公園拆，佢就要消失，所以就最後一次玩，至於最後變咗石像，我諗佢本身應該係一個小朋友石像嚟，啲公園好興整啲石像出嚟做裝飾嘅嘛，就類似係嗰啲咁，見啲細路玩得咁開心，自己吸收咗日月精華、天地靈氣

之後，咪可以同啲細路玩囉，我諗個作者大概係咁嘅思路。」

「嘩！」野仔不禁讚嘆：「樂哥，你講到好似你就係個作者咁，我聽完都即刻覺得成個故仔有深度咗，原來要腦補咁多先會明，絕對可以防止老人癡呆。」

「講笑咩，我點會係作者，出埋啲要腦補咁多嘅書，啲人邊識睇，肯定唔賣得。」樂哥也挖苦一番，之後一本正經的說：「個機關推得呢本書出嚟，仲要摺起呢個故仔，肯定有寓意嘅……石像，係石像！我哋去睇下啲石像。」

「但邊度有石像？」野仔又一次說出了關鍵，然後兩人又陷入了沉思。

「如果唔係石像，仲會係啲咩？」樂哥怎樣想也想不到其他有可能的答案。

時間繼續飛逝，但他們依然感受不到。野仔看着時鐘，連番慨嘆：「我哋好似已經喺度好耐咁，但啲時間就完全無郁過，有時我都懷疑個鐘係咪裝飾，其實一早壞咗。」

「個鐘？」樂哥抬頭望去，又憶起《解碼》中提到的另一句「大隱隱於市，越不起眼越重要」，於是他拿了一張椅當梯子，爬上去把鐘取下，仔細研究起這個兵馬俑來，不消一會，便在鐘背找到

暗格，打開後便找到綠色的錦囊。

「快啲打開佢睇下係咩嘢。」野仔急不及待想知道錦囊內是甚麼，樂哥也沒有賣關子，立即打開，裏面是一條紙條「戴上面具，化為厲鬼」。

「意思係咪只要搶到阿雲個面具再戴上，咁就可以取代到佢？」野仔驚訝的問。

樂哥半信半疑的答：「照字面睇就係咁，不過越喺度留得耐，越覺得啲錦囊好似係就我哋進度同情況而畀嘅，唔係隨機，而係因為情況度身訂造。」

「係咪即係好似《飢餓遊戲》咁，出面其實一路直播緊我哋喺度嘅情況，然後啲贊助人會因應情況空投物資？」野仔突然想起他之前看過的電影。

樂哥也不能定奪，只能就目前情況得出結論：「暫時睇就有啲似，如果唔係呢啲無死角CCTV淨係用嚟監視我哋咪好囉？只係一開始Sigmond Fread話係一個實驗，如果佢無講大話嘅話，佢應該唔會出手干預，所以啲錦囊都真係只係巧合，就好似細個你讀緊書嗰時，電視播嘅節目或者劇集，永遠都咁啱同你讀緊嘅嘢內容吻合咁，純粹係心理作用、自作多情。」

「咁會唔會係兩樣溝埋一齊，我哋就好似水族館啲魚咁，一直有人睇緊，但都只係得個睇字，無得用任何方法影響我哋，而啲錦囊就真係巧合？」野仔總結說。

「或者係啦，但我哋早啲認清呢點，對我哋之後應該有幫助，畢竟既係實驗又要娛賓，咁事情接住落嚟嘅發展就無得用常理去諗，啲錦囊可能有啲更加逆天都唔定。」樂哥推測。

+×+×+×+×+×+×+×+×+×+

話分兩頭，有驚無險逃到地下的 Maria 媽媽，在污衣槽內又聽到 KT 和福伯慘遭毒手，一時之間情緒也失控了，整個人瑟縮顫抖，眼淚不受控的流下。

沒有了幽幽這個伙伴，對其他人也拿不出信心，加上不斷面對死亡，對任何人來說都是致命的打擊，絕對會情緒崩潰。

「如果我而家走出去，就可以解脫，唔使再受呢啲煎熬。」Maria 媽媽甚至出現了自投羅網的想法。

不過她想起了還在家中等她的七個小孩，七個國籍各異，雖然不是親生，但都稱呼她為「媽媽」的可愛小孩。這七個小孩幫助她走出人生低谷，成為她努力生存的唯一原因。

「唔得，仲有七個仔女等緊我返去，我唔可以咁頹咁洩氣，我要振作！」她雙手輕輕拍打自己臉頰，為自己打氣。

為了安全，避免跟鬼撞個正着，她再次爬上一樓，嘗試在老鬼的屍體上尋找有用的物資。她先在污衣槽內小心翼翼的查看外面環境，確保真的安全才爬出來，然後徑直跑到沙發，找橫屍在那的老鬼。

「唔好意思，有怪莫怪，我都係想繼續生存，先要喺你身上借嘢嚟用，出返去之後我會燒返多啲嘢畀你，而家就冒犯你喇。」她雙手合十，必恭必敬的說，然後便開始搜身。

＋×＋×＋×＋×＋×＋×＋×＋×＋×＋

在螢幕上，Sigmond Fread 看着這一切，滿意的笑了，他跟 Eric Ericson 說：「You see，事情又回返到正軌，don't worry，所有嘢個天都自有安排，我哋嘅實驗係 work 嘅。」

事情重回正軌，其實是 Eric Ericson 背後的操作，可是 Sigmond Fread 全不知情，但 Eric Ericson 也不打算告知他實情，裝作很驚訝的道：「難怪你係 leader，果然料事如神，我真係好佩服。睇嚟今次真係有機會重現到史丹福監獄實驗嘅結果。」

Sigmond Fread 繼續專注於螢幕上，手忙過不停的摘錄筆

記，而 Eric Ericson 的手也沒有空閒過，因為他也忙着發訊息，同時口亦不停竊竊私語。

+×+×+×+×+×+×+×+×+×+

在私人影院內，一直靜靜看戲的 Fiona 電話螢幕因為收到一條訊息通知而亮起了，而訊息只是簡短的一個字——「Done」。她督了一眼，然後整個人都開朗起來，終於參與了另外五人的討論，以精闢獨到的見解分析遊戲之後的走向，並大膽作出了預測：「今次遊戲會得一個人安全走返出嚟，呢個人係樂哥，如果事情無突變，佢就會係唯一生還者。」

「等咗好耐喇，all in 樂哥唔該。」Elise 立即撥了一通電話。

Alfred 和 Chris 卻不認同，他們認為阿月會成為最後贏家，Fiona 也沒有與他們爭論，只是一笑置之。

至於 Ben 和 Daisy 則將專注點放在為何會是樂哥上，他們追問 Fiona，但 Fiona 卻沒有進一步解釋。

最後，Fiona 說出了一段意味深長的說話作結：「而家喺大宅仲生存緊嘅人就好似籠中鳥咁，佢哋每個都以為自己係獵人，其實佢哋全部都係獵物，因為真正嘅獵人係喺籠外面睇住佢哋互相殘殺嘅人，即係我哋。」

3,2,1... 捉伊因

#10 被選中的人

　　認清遊戲本質後，樂哥和野仔步出藏書閣，他們已經探索完整層二樓，所以決定出發去一樓。

　　「等等先，二樓同三樓係咪真係無晒錦囊？會唔會仲有啲隱藏收埋咗未搵到？」野仔臨行前再三確認。

　　樂哥聽後也不置可否，只能無奈的回答：「我都唔知仲有無，只係我哋都已經地毯式盡力搵過一次，但都搵唔到咁就只好當無喇，始終我哋無地圖，亦無相關錦囊嘅訊息，只可以佛系隨緣，盡力過就算，而且我哋仲有其他樓層未搵，我哋與其浪費時間喺度磨，不如落去搵，只要搵多一個，情況就會對我哋有利多一啲。」

　　野仔也認同樂哥的說話，所以也沒有再多加反駁，乖乖的跟他往一樓進發。

　　可是來到樓梯前，野仔突然說：「我哋係咪應該搵下 Maria 媽媽消失之謎好啲？或者佢有條秘道，遲下會救到我哋一命。」

　　樂哥停下腳步，思考了三秒，直接拒絕：「我認為唔好浪費時間喺呢個位，當務之急都係錦囊，而且我已經望過呢棟嘅平面圖，雖然各層之間都淨係得一條樓梯連接，但如果真係緊急要逃生，我都仲有一條路可以極速落到樓。」

　　野仔極為失望，但也只好聽樂哥的話；而樂哥也不知道自己的判斷是否正確，他當然想多找一條能上能下的逃生路線，但同時他又深知逃走是結束不了這場遊戲的，只懂逃走最終都是會被捉。要徹底從這場萬惡的遊戲中解脫，必需依靠錦囊的幫助才可，在權衡利弊之後，毅然決定還是以錦囊為重。

　　他們決定前往一樓，可是在梯間已經聽到一樓傳來一些不尋常的動靜，謹慎的樂哥拉着野仔留在原地觀察，待弄清發生甚麼事才作下一步行動。

　　不過在梯間他們始終不太聽得清楚走廊另一頭的對話，為了盡快得知前面有甚麼事，樂哥獨自一人走落樓梯，躲在欄杆後面偷看，不過甚麼也看不到，只是隱約聽到女聲在道歉，男聲在裝神弄鬼。

　　突然，貫穿整間大宅的水晶吊燈熄滅了，在漆黑之中，雙眼尚未適應黑暗環境的樂哥勉強看到有半個人影在眼前的走廊盡頭出現，不斷上下晃動，更每次都發出「咚」、「咚」的響聲。

　　這詭異的場景加上奇怪的聲音，就算是一向冷靜的樂哥也小不免有點害怕，大口的吞了一口口水。而此時，一直在梯間等待的野仔亦按捺不住，上前來查看情況，對於身旁無聲無息出現了一個人，樂哥立即嚇得跌坐地上，幸好這時他的雙眼開始適應了黑暗，看到是野仔才沒有大叫出來，但還是小聲的嘀咕：「人嚇

人，嚇死人呀！」

「唔使驚呀樂哥，係我，野仔。」野仔立即安撫他，並續説：「而家咩情況，突然熄晒燈嘅？」

樂哥立即拉野仔回樓梯，好讓他倆能離開恐怖現場，然後才詳細跟野仔解説：「雖然我唔太信靈異嘢，但啱啱嗰幕都真係嚇到我。一熄燈就有個影出現彈出嚟喺度上下郁，之後仲要有『咚』、『咚』聲，好似有人拍波咁勁有規律，只係呢個波唔係空心而係實心。」

「咁係咪即係好似拍個頭咁？我睇戲拍個頭啲聲係咁上下。」野仔提供了他的見解，頓時令樂哥背脊發涼，他雖然不太願意接受，但現實情況就是這樣。

雖然這不是樂哥生平頭一遭遇到的靈異事件，但心底依然難免毛毛的，可是他還是硬着頭皮道：「一定有得解釋，呢個世界無嘢係解釋唔到嘅，一定唔係妖魔鬼怪。」

不過野仔卻不認同，因為他流落街頭期間已經遇過很多不能解釋的事，包括……

「啊！」野仔突然叫了出來，樂哥再次被他嚇了一跳，接着野仔説：「我醒起點解我會嚟咗呢度，件事其實都有啲靈異……」

「如果你話有啲靈異嘅話，咁就唔好講，因為我好早已經記得點解會嚟咗呢度，我諗我哋都係遇到同一件事，做咗同一個決定。」樂哥變得嚴肅起來，定睛看着野仔說：「本身我都只係亂估，但你咁講完之後，我都幾肯定我嘅亂估係正確嘅，我哋咁多個參加者都係因為呢件事、呢個決定，最後俾人揀咗嚟呢度。」

走廊的爭吵聲不知何時已經停下了，燈雖然未有再亮，不過對已經完全適應黑暗環境的他們來說也沒差。

「出面靜晒，我哋去睇睇？」野仔問，樂哥也正有此意，於是他們便提心吊膽的緩緩爬行，用最不起眼、最不易被發現的方式去到欄杆轉角處偷看。

+×+×+×+×+×+×+×+×+×+

「喂……好痕，唔好吱我，哈哈哈哈，停啊……」在搜身途中，老鬼突然說話，嚇得 Maria 媽媽往後退了三米。

「嘩！屍……屍變呀！救命呀！對唔住，我無心㗎，有怪莫怪、有怪莫怪，冤有頭債有主，唔係我害你㗎，唔關我事㗎……」Maria 媽媽緊閉雙眼，口中唸唸有詞。

老鬼調整好姿勢坐起來，摸了自己全身一遍，再反復檢查自己雙手，最後大力的捏了自己臉頰，發出了「啊」的慘叫聲，然

後揉搓自己的臉紓緩痛楚。

一連串的舉動後，他確認自己尚在生，而此時他才察覺到 Maria 媽媽的存在，她還在低頭膜拜，十分害怕。

「嘻，咁就將計就計。」老鬼心生一計，決定順着她意思去演。他拖着斷了的腳一拐一拐的走到 Maria 媽媽面前，她雖然不敢打開眼查看，但天生的第六感已經知道老鬼來到她的跟前。

「你 …… 點 …… 解 …… 要 …… 騷 …… 擾 …… 我 …… 我 …… 死 …… 得 …… 好 …… 慘 …… 啊 ……」老鬼模仿羅蘭腔扮鬼說話，嚇得 Maria 媽媽叩頭認錯，但眼見她如此害怕，決定好好利用她。

「你 …… 要 …… 幫 …… 我 …… 報 …… 仇 …… 如 …. 果 …… 唔 …… 係 …… 我 …… 成 …… 世 …… 都 …… 纏 …… 住 …… 你 ……」要維持這腔調說話其實挺有難度的，老鬼差點穿崩，幸好 Maria 媽媽因為驚慌而失去了所有的判斷力，老鬼才沒有被拆穿。

「我 …… 我有咩幫到你？」Maria 媽媽害怕得聲線也顫抖起來。

「阿 …… 月 …… 殺 …… 咗 …… 佢 ……」老鬼真的做鬼也不放過他。

「係係係，知道知道知道，不過我唔夠佢強壯，打唔贏佢㗎……」Maria 媽媽為難道。

其實老鬼也心知肚明，不過拉攏多一個戰力總比自己孤軍作戰好，所以他要乘這千載難逢的機會威逼 Maria 媽媽，此刻他需要威嚴，令 Maria 媽媽害怕和信服。電影裏的鬼只要一發怒便會吹起怪風，甚至爆玻璃，但在現實又怎可能成真？所以他只能加強語氣再重複說一次。

「阿……月……殺……咗……佢……」老鬼比剛才更大聲，更有怒火，或許他真的成為了半人半鬼，一直燈火通明的水晶吊燈竟然隨着他的憤怒而熄滅了！

這一關使 Maria 媽媽更是害怕，後退數米再不斷叩響頭，對老鬼更加敬畏，而其實他本人也被嚇倒，不過眼見 Maria 媽媽如此害怕就罷了，不過他也暗自猜想自己是不是真的得到了超能力。

「之但係……我一個……我唔夠佢打……」Maria 媽媽嚇得說話更加結巴。

「鬼……咳……鬼……會……幫……你……」老鬼的聲帶終究還是挺不住，他輕輕的咳了一聲，豈料這一咳卻令 Maria 媽媽起疑，她張開雙眼抬頭看着老鬼，老鬼被她這突如其來的舉動嚇了一下，身體輕微晃一晃。就是這一晃，Maria 媽媽理智再度

上線，她不再害怕，甚至勇敢站起來拿着長笛往老鬼身上使出「無雙亂舞」，老鬼被打得直喊救命，這齣回魂鬧劇才告一段落。

「哎呀，好很痛呀師傅，哎呀哎呀，真係痛呀，夠喇，頂你個肺，快啲停手呀仆你個街，唔好再打，唔係女人我都無臉畀呀我話你知！」遭到毒打的老鬼不停咒罵，這令 Maria 媽媽更是怒不可遏，更加落力的打。

「扮鬼吖嘛，嚇我吖嘛，鬧我吖嘛，我唔打你一鑊我唔叫 Maria 媽媽！求饒都唔好聲好氣？今日老媽子我要好好教識你咩叫誠心道歉！」Maria 媽媽邊說邊打，直至把長笛都打斷才停下。

一輪交戰——或者說成是單方面輾壓更貼切——過後，兩人都氣喘吁吁。老鬼舉着滿是青黑色瘀痕的雙臂，他生怕觸碰它們會受到二次傷害，所以只是不停向傷患處吹氣；至於 Maria 媽媽怒氣還未全消，但長笛也打斷了，所以認為懲罰也足夠了。

「你條八婆係咪癲 Q 咗？自己當我係鬼我都未話你，你仲要打柒我？有病睇醫生啦！」老鬼不打女人，只能嘴巴上逞逞強、嗆嗆她。

「邊個叫你扮鬼嚇我，自己攞嚟，抵死喋，一早話自己係人未死咪無事。」Maria 媽媽生氣的說。

「咁你又唔可以怪我,邊個叫你咁鬼低能信呢個世界有鬼
⋯⋯」老鬼反駁,卻被 Maria 媽媽打斷:「仲講?未俾人打狗?」

「不過,」Maria 媽媽突然變得神色凝重,問道:「我見住你
俾隻鬼捉咗,點解會無事?你係咪有咩嘢隱瞞?」

這個問題,老鬼自己也很想知道答案,可是他想了很久還是
想不通,連帶關燈的超能力也一樣,他開始懷疑自己是天選之人,
是被神選中的人。

「其實⋯⋯我唔知有無關,不過除咗呢個原因之外,我諗唔
到其他。」老鬼也認真起來,憶述說:「我昏迷嗰時夢到當初係點
樣俾班仆街揀中嚓呢度。嗰日係我出冊無耐,喺條街漫無目的咁
行,睇下搵唔搵到工,點知行下行下,喺個幾靚嘅低密度屋苑前
面就遇到有個細路女喺度喊。雖然好多住客進進出出,但就無半
個人停低問佢係發生咩事,冷漠到仆街,或者佢哋個個都有自己
嘅嘢忙啫,咁我呢個閒人就最得閒無嘢做嘅,咪走去問下佢發生
咩事囉。之後⋯⋯」

「之後佢就話屋企人搵咗佢好耐,唔知佢其實一直都喺度,佢
想返屋企搵屋企人,但佢自己走唔到,要你送佢返去先得,而個
細路女就大約四、五歲左右,住喺附近嘅一條屋村,送到去門口
嘅時候,門一打開就暈咗,醒返就喺呢度喇,係咪咁?」Maria 媽
媽打斷老鬼並續說。

「喂，你條八婆點會知？你跟蹤我？」老鬼驚訝的説。

「你都傻嘅，我點會咁得閒跟蹤你，你估你係教主呀？」Maria 媽媽立即反擊，然後説出真相：「只不過聽你講到一半我就記起我都有類似經歷……我估應該唔係偶然，可能……」

之後，他們幾乎同步得出一個結論——被選中參加這次遊戲，或稱為實驗的人，都曾經送過這小女孩回家。

有了這個結論後，他們又開始猜想兩個問題：為甚麼女孩選擇出現在他們面前？為甚麼要曾經幫助過她的好心人接受這種變態遊戲？

他們把全副精力都放在這兩個問題上，全然忘記了要找錦囊和躲開阿雲。

「果然！」從他倆身後突然傳來一把男聲，不是別人，正是躲在欄杆轉角處的樂哥。

老鬼和 Maria 媽媽立即轉身查看音源，並做好拔腿就跑的準備，看見是樂哥而不是阿雲或阿月這才鬆一口氣。

「喂，你兩條友做乜匿喺後面鬼鬼祟祟咁嚇我哋？信唔信我用我啲超能力對付你哋？」老鬼立即破口大罵。

Maria 媽媽也在一旁附和道：「啱呀，佢真係有超能力㗎，啱啱就係佢令啲燈熄晒。」

「對唔住，我哋唔係有心㗎，只係咁啱路過，唔好用超能力對付我哋。」野仔害怕得連忙道歉，生怕會被超能力弄死。

反倒是樂哥很不以為然，開玩笑道：「超能力？有超能力咁咪好勁囉！掂掂掂，咁快啲用你嘅超能力送晒我哋出去，我哋唔想再留喺度等死。」

老鬼聽到後認為樂哥看輕他，氣得面紅耳赤、七竅生煙，決定要給樂哥見識見識自己的威力，只見他伸出雙手對着樂哥，聚精會神把注意力放在手掌，然後大叫一聲：「喝！」

隨着這個氣勢十足的「喝」聲而來的是他發出這聲時呼出的氣，這氣經過空氣抗散，充斥在他面前無形的空氣內，與空氣融為一體，直吹到樂哥所在之處！可惜的是樂哥毫髮無損，頭髮也沒有動過一條，好明顯這次氣功攻擊被吸收了！不過不是被樂哥吸收，而是被空氣吸收。整個過程歷時一秒五七，波及範圍亦只有老鬼對開二十厘米。

「吓？呢個就係你嘅超能力？我乜都感受唔到嘅。」樂哥作狀檢查自己身體一遍。

　　老鬼這才認清事實，知道自己並無任何超能力，但又嘴硬不願認低威，於是砌詞狡辯道：「哈，你中咗我嘅慢性化骨綿掌都仲未知道？六十年之後你就會死，睇住嚟啦。」

　　樂哥聽完後哭笑不得，一時之間也不知該如何回應，只是野仔卻十分害怕，擔心起樂哥的安危。

　　「傻仔嚟，我都三十幾就四十，六十年之後都九十幾，好多人唔到九十都死咗，關咩事？」樂哥安撫道。

　　野仔頓時呆一呆，意會到自己被愚弄了，臉紅得像蘋果，對老鬼怒目而視，老鬼立即別過頭避免雙方的眼神接觸。

　　「好喇，胡鬧夠喇，你哋望下下面，」樂哥指着地下那層道：「阿雲就喺下面，我哋好快就會同佢正面對決。喺捉伊因嘅規則入面，我哋點都係蝕底，唯一有機會贏嘅就係我哋其中一個人引開佢，但又捉極都捉唔到，消耗佢體力，最後佢自動投降，不過呢件事我覺得喺呢個密閉空間入面係點都唔會發生。」

　　「點解啊？」Maria 媽媽即時發問。

　　「因為呢度就係眼見咁大，簡單嚟講就係一個密室，既然我哋走唔到出去，就遲早一定會俾佢捉到，我相信主辦方為咗平衡呢個設定，令到遊戲更刺激，所以先特登整錦囊出嚟，呢啲錦囊入

面實有幫我哋逃出生天嘅辦法，所以我哋更加要快啲搵晒啲錦囊出嚟。」樂哥接着解釋。

「挑！講你就易，我哋又唔似嗰個粉皮阿月咁有藏寶圖，大海撈針，點又樣搵？」老鬼洩氣的説。

「我哋係無，所以先要靠合作。」樂哥簡而精的答。

「無錯無錯，我哋已經搵晒上面兩層，而家係差呢度同地下未搵過，趁阿雲仲喺下面，我哋要快啲搵咗呢度先。」野仔也插話道。

老鬼眼睛一轉，又想到了鬼主意，笑瞇瞇的説：「老鬼我一直都好贊成合作嘅，正所謂『一枝竹仔易折彎，幾枝竹一紮斷折難』吓話，不過合作嚟講呢就要講個信字嘅，最基本錦囊要拎出嚟共享先得。」

「合理。」樂哥一口答應，隨即向野仔打眼色並拿出兩個錦囊，然後説：「我哋加埋係得呢兩個。」

同一時間，老鬼也把僅有的錦囊拿出來，他本來打算用一個錦囊換來數個錦囊，可是他萬萬想不到原來樂哥他們也只比他多一個錦囊，雖然還是賺了，但賺的比想像中少。

「睇嚟大部份錦囊都喺阿月身上。」樂哥苦笑着說:「唔拉埋佢組隊就實出唔返去。」

聽到樂哥這樣說,其餘三人立即顯露出厭惡的樣子,樂哥即時意會到發生了甚麼事,於是說:「睇嚟大家都唔係咁 like 佢,咁我哋就行 plan b。」

+X+X+X+X+X+X+X+X+X+

步出廚房的阿雲站在原地,環視了整個地下一周,地下的總共有五道門,一道是出入的正門,已被狠狠焊死,;一道是通往花園的趟門,亦都重門深鎖;另一道是剛走出來的廚房門,已證實再無第三人躲藏;餘下的只有洗手間門和洗衣房門,當中只有洗手間的門是關着的。

阿雲想也不想便走到洗手間前開門。

「嚓」,門把拒絕了他,門從內反鎖了。

「哈,又用呢招?」盆栽房的洗手間陷阱經歷還歷歷在目,阿雲大聲說:「今次我唔會中計。」之後他便離開走到洗衣房。

「果然,我又賭贏咗,點樣我都係高你哋幾班。」在洗手間內的阿月為自己的預判成功沾沾自喜,狂妄的他差點笑了出來。

洗衣房除了洗衣機和乾衣機外，還有一條污衣槽，要躲藏的話這裏絕對不是一個好地方，在這裏找不到阿月是意料之內的事，因為阿雲很清楚阿月就在洗手間內。他知道自作聰明的阿月一定會以為他對上了鎖的洗手間產生了創傷後壓力症，即 PTSD，已經不敢再硬闖，所以阿雲將計就計，他預判了阿月的預判。

他進進出出，在洗手間和洗衣房之間反覆踱步，像是在計算甚麼般，歷時接近十分鐘，最後他把餐椅左右交錯疊好，形成了和門一樣高的柵欄，擺在洗手間門口。。

下一步，他走到大門附近，找到一個按鈕，一按，整盞貫穿全棟大宅的水晶吊燈立即關了，然後他再憑記憶，摸黑靜悄悄的往洗衣房方向走去，進去後就再無走過出來了。

突然的漆黑和寧靜，使得獨自在洗手間躲藏的阿月也緊張起來，他把耳貼在門上，細心的聆聽外面的動靜，不過他甚麼也聽不到。

俗話說：「暴風雨的前夕總是風平浪靜。」

危機意識十分重的阿月也留意到事態的嚴重，他神經崩緊，把個人的專注力提升到「警戒」的級別，把聆聽能力調整到「蚊飛」的水平，把反應速度調較到「毫秒」的時間，隨時準備奪門而出。

雖然他將自己變成「完全逃生」狀態，可是他還有一張底牌，是繼承自幽幽的錦囊，要是真的逃不掉，便會即時使用。

作為一個執行私刑的人，永遠準備好 plan b 是理所當然的事。

阿雲在洗衣房磨蹭了半天，就是要找一條秘道——從這次遊戲中他得知，天花板永遠都有路可行。皇天不負有心人，他找了老半天總算找到，小心翼翼、不動聲色的爬上去後，他便朝洗手間方向進發。

+×+×+×+×+×+×+×+×+×+

「等咗咁耐，睇嚟終於到戲肉啦喎。」Eric Ericson 靠着椅背，一面伸着一個大懶腰一面説，其餘的工作人員均被他的説話吸引，紛紛放下手上工作，走到螢幕前屏息以待。

「呢批參加者比想像中用得多時間先入局。」Sigmond Fread 邊走向人群邊説。

「或者關你今次揀人條件事呢。」Eric Ericson 隨口回答：「個標準令到佢哋太善良，永遠都想和平理性非暴力咁解決問題逃出生天，但殊不知唔犧牲唔出茅招唔賣隊友係無可能成事，佢哋要認清呢點花咗好長時間。」

　　Sigmond Fread 聽完後沒有即時回答，只是繼續專注在螢幕上，但其實他心裏不斷細想 Eric Ericson 的說話，希望想到一個解決辦法。

　　「喂！嚓喇嚓喇嚓喇！兩雄終於相遇喇！」Eric Ericson 坐直身子，緊握雙拳，緊張的盯着螢幕。

3,2,1...捉伊因

#11 第一回合，勝者…

「你所講嘅 plan b 即係點？Maria 媽媽唔係好明。」Maria 媽媽說。

「要得到佢嘅錦囊，唔係合作就係用武力夾硬搶，咁你明喇？」樂哥收起平日從容的面貌，擺出罕見的嚴肅認真樣子。

「搶？點搶？佢好Q打得㗎！我隻腳搞成咁就係因為佢呢個仆街，雖然我都好很想報仇，但……」老鬼看着自己瘸了的腿說，但未說話已經被樂哥打斷了。

「唔使佢係，只要你想報仇就得，你一個唔夠打啫，我哋而家有四個人，一人　住佢一隻手或者一隻腳，咁都仲會搞唔掂咩？」樂哥反問，老鬼無話可說只能點頭。

「我有問題。」野仔舉手問：「我哋搶緊嗰時阿雲㗎到咁點算？我哋會一鑊熟。」

「只要唔俾佢捉到咁就得啦！」樂哥臉色陰暗的道：「我哋到時分開走，睇下佢會追邊個，咁被追嗰個人就辛苦你，麻煩盡量拖耐啲。」

「咁即係當被追嘅人係 condom？唔得，我唔贊成！」野仔反應很大的反對。

3.2.1 捉伊因

老鬼也立即跟着説：「頂！我都反對！我咁嘅死樣，要捉一定係捉我，對我好銀唔公平，我死都唔會肯！」

樂哥提出的方案被多人反對，但他反而開懷的笑着説：「好彩你哋反對，幾驚你哋麻木晒變咗冷血嘅殺人機器，而家見你哋仲識反對咁我就無咁驚。」

「吓？即係點？」野仔和老鬼異口同聲的説。

「即係我哋要揾個人睇水，見到阿雲嚟我哋就即刻走，唔好有任何留戀 ，『留得青山在，哪怕無柴燒？』最緊要人無事，要捉阿月總會再有機會，反正呢度係密室，佢都無地方走。」樂哥回復之前開朗的笑容説。

可是，現在最大的問題，就是阿月在地下，與阿雲將會正面對決，萬一阿月失手被擒，那麼他們的計劃便會泡湯，最後就只有阿雲才能離開這裏——最少老鬼和 Maria 媽媽是這樣想。

「咁我哋係咪要落去救佢先得？」野仔問。

「咩話？救條仆街？咪同我講笑，老子第一個反對！」老鬼反應很大。

Maria 媽媽也異常憤怒道：「Maria 媽媽都唔想救佢，佢殺

咗幽幽，我恨不得佢快啲死！」

「但係唔救佢，佢死硬，佢死咗，啲錦囊就會落入阿雲手入面，到時我哋就束手無策㗎喇。」野仔極力煽動大家救人，不過始終徒勞無功。

此時，樂哥站出來扮演好領袖的角色說：「不如咁，作為文明嘅人，我哋用返文明嘅方法去決定啦，我哋一於舉手投票，小數服從多數。」

「咁即係唔會救啦……」野仔小聲埋怨道。

「唔好咁悲觀，可能會有驚喜呢。」樂哥安慰道。

最後投票結果，沒有驚人的反轉，二比一決定不救，野仔雖然不順但也只好乖乖服從，樂哥見狀也只好跟他說：「呢個就係民主嘅暴力，無人知點樣做先有最好嘅結果，而呢個決定只可以代表大部份人認為咁係最好嘅方法。」

安慰有沒有作用並不重要，重要的是他們已經有了共識。樂哥站出來打圓場道：「既然大家都有了最終決定，咁我哋喺度一邊靜觀其變，一邊搵錦囊，唔好浪費時間。」

接着的時間，他們主要在廳和走廊尋找錦囊，然而視線始終

離不開地下洗手間，這樣不專注的行貨式尋找錦囊，竟然也被他們找到其中一個。

「喂，大家快啲嚟睇下，係藍色錦囊。」老鬼在走廊地板的暗格裏發現了一個裝着錦囊的啤酒樽。

「勁喎，咁你都搵到。」野仔禁不住讚賞道。

「呢塊仆街地板啲聲唔Q同，我咪試下起佢老母出嚟，點Q知真係有，快啲嚟幫拖解開佢先，樽口張紙條寫明唔准扑爛佢。」老鬼呼喊眾人的目的是開鎖。

這個啤酒樽並沒有甚麼特別，只是很常見的那一款啤酒樽，奇就奇在樽口如此狹窄，大大的錦囊竟然也能放進去，而且還是在樽口未被打開、裏面滿是啤酒的情況下。

「唔准扑爛個樽點攞佢出嚟？而且仲裝滿酒，佢點做到㗎？魔術嚟㗎！」野仔驚嘆道。

樂哥接過啤酒樽，仔細檢查，並説：「魔術都只係掩眼法同手法，只要認真仔細睇，就會發現破綻，當你了解佢背後原理之後，你就會講一句：『頂，乜咁低能㗎嗻？』信我，每次都係咁。」

不消三兩下功夫，樂哥便打開了啤酒樽蓋，而且還在滴酒不

沾、滴酒不瀉的情況下，把錦囊輕易的拿了出來，眾人都嘖嘖稱奇。錦囊比平常的細少，但在啤酒樽內時卻與其他的錦囊無異。

老鬼看着這一幕，首當其衝發言：「嘩頂！你點做到㗎？你識魔術㗎？好很勁喎，我老鬼成世人都好少佩服人，你係其中一個。」

樂哥笑而不語，把錦囊遞給老鬼說：「呢個係你發現嘅，所以屬於你，由你打開佢啦。」

老鬼接過錦囊，迅速打開打算朗讀出裏面的紙條，但卻赫然發覺紙條寫着英文，自己不太懂，只好硬着頭皮說：「Fish me is fishing all。」

「Fish me? 咁怪嘅？不過啲錦囊都係奇奇怪怪，所以都慣晒。」野仔吐槽說。

「即係點？釣我就係釣緊所有嘢？完全唔明。」Maria 媽媽也參透不到箇中玄機。

眼見人人也變成丈八金剛，樂哥再次發揮強大打圓場威力：「其實啲錦囊好多我哋都係唔明，不過只要我哋去到嗰個階段，自然就會明，呢個錦囊睇嚟同釣魚有關，我哋留意多啲大宅有啲咩同釣魚有關，或者會有線索。」

「喂，你哋睇下下面。」老鬼大喊，各人紛紛望向地下，看到阿雲和阿月雙方一動也不動，他們也屏息以待，靜觀事態的發展，把錦囊的事都暫時拋諸腦後。

+×+×+×+×+×+×+×+×+×+

在天花板上，阿雲已經悄然到達洗手間的上方，他輕力的移開天花板，好讓露出一絲縫隙能夠查看裏面情況。

不過，阿雲看了很久，整個洗手間所有的角度都看過數遍，就是看不到阿月的影蹤，他憑空消失了！

「有咩可能？照計佢應該喺度先係，成層地下都已經無其他地方俾佢匿㗎喇喎……」阿雲看着空無一人的洗手間不禁納悶起來，而且覺得整件事很匪夷所思。

他禁不住好奇心，心想或許是環境太過漆黑看不清楚，還是選擇了跳下去查看，看看阿月躲了在哪裏、洗手間藏了甚麼秘密、有沒有甚麼秘道之類。

洗手間並不大，設施亦不多，分別是牆壁只掛有鏡櫃的洗手盤、正常尺寸的抽水馬桶以及裝滿水的浴缸，整個洗手間就只有這三樣東西。任憑阿雲如何努力，他終究就是找不着，整個洗手間根本無處可藏！甚麼秘道、密室之類的東西壓根就不存在，就

連阿月都並不存在！

「好惡，諗住整定個密室嚟個甕中捉鱉，點知俾佢金蟬脫殼，又唔知去邊搵佢先得。」阿雲生氣的説。

阿雲在洗手間找不到阿月，的確有點憤怒，但轉瞬便被理智所説服，既然他不在，那一定在別的地方，那麼再去找就好了。於是他再次爬到天花板上，繼續往前進，並在廚房跳下來，而洗手間又再次變成空無一人。

才怪！

確認阿雲離去後，阿月先在浴缸探頭查看外面，原來他一直都躲在浴缸內！他先確認真的安全，然後才攝手攝腳的爬出來，生怕些微的動靜都會再次招來阿雲，待他完全爬出來之後，又輕輕力的把那塊白色膠版放回浴缸內。

這個手法，是參考自魔術表演。利用昏暗的環境和同色的背景，再加上水的折射，把露出破綻的機會減到最低，令自己在仿如密室般的洗手間內「消失」，完美避開了阿雲的追殺。而這個戲法，是他看到這塊膠板的瞬間才想出來的。

阿月大口大口的吸入氧氣，他整個人因閉氣潛水太久而瀕臨缺氧，臉顯得青青的，如果阿雲再晚一點才離開，阿月便會淹死

在浴缸內。

「慳咗個『何』都係賺，而家要離開呢個洗手間，不露聲色咁都係靠天花板先得，不過要爬去揾咗個錦囊先。」阿月逐吋逐吋的移開天花板，然後探頭張望，確認是安全才爬上去，然後徑直往大廳方向爬去。

在大門上方，一個錦囊安靜的躺在角落，等待人們來找它。

「哈，真係有，估唔到呢個位置竟然有兩個錦囊，等我仲以為你無睇到我喺度拎咗個錦囊，叫我嚟多次喋。」阿月滿意的跟某人匯報。

這個是紅色的錦囊，裏面放了一枝鐵筆。

「一枝鐵筆……係打算叫我撬門走？」阿月繼續通話，但沒有得到回音，於是他便攜着鐵筆爬到洗衣房，確認安全便爬下來，之後再探頭張望，再三確認阿雲已經離開地下層便悄悄的走到大門前，肆無忌憚的用鐵筆撬起門來。

可惜，無論他如何努力，門始終紋風不動，更甚的是，危機正從他身後逐步襲來。

本身在廚房守株待兔的阿雲，終於守得雲開見月明，他絕不

相信一個人能夠憑空消失，所以一直躲在廚房等候他自己現身，雖然花了一點時間，但最終還是出現了。

　　阿雲閉着氣，盡量隱藏自己的氣息，悄悄的走到阿月身後，就在伸手可及的距離內，他以迅雷不及掩耳的速度伸手襲向阿月。然而，阿月也不是省油的燈，就在毫秒間，他還能夠有餘裕蹲下避開，然後精準的以鐵筆揮向阿雲右腳「上五寸下五寸」，只是阿雲也久經訓練，靠着長年在水缸捉魚練就迅敏的反應，及時向後小跳避開了攻擊。

　　「睇唔出你都有返兩道散手，咁都避得開，我似乎太睇小你。」阿月讚賞道，就像在戰場上遇上旗鼓相當的對手般。

　　「句說話應該由我講先岩，以為你專注緊撬門，估唔到仲有將注意力放喺周圍。」阿雲也非常佩服他。

　　他倆雖然互相稱讚，但心底並沒有一絲「啊！如果我哋唔係身份對立咁相遇就好喇，我哋一定會做到好朋友。」嘅感覺，這種互相稱讚並不是因為惺惺相惜，反而是源自於一直留存在人體內的動物本性，想藉着消滅強大的對手來證明自己更優勝的心態，所以越讚賞得多，到消滅對手後便證明自己越厲害。

　　他倆已經對峙了近一分鐘，沒有動作、沒有鬆懈、沒有破綻，高手對壘，往往一招定勝負，但誰也不敢隨便出這一招。

　　阿雲雖然只要觸碰到阿月一下便勝負已分，可是阿月手持大殺傷力武器，而且是手臂的延伸，可於阿雲碰到自己前先攻擊到他。這種勢均力敵的場面不知還要維持多久，或者只有等其中一方感到累，或者誰先沉不住氣才有進展。

　　「『敵不動我不動』，我就睇下你可以唔郁幾耐。」阿雲心想。

　　「再咁落去都唔係辦法，喙咗咁耐都仲未有嘢落過肚，我 feel 到有少少肚餓，隨時支撐唔住，不過我諗佢都應該同我差唔多，呢刻都係鬥意志，講意志我實唔會輸！」阿月緊握鐵筆，強忍飢餓，鬥志旺盛。

　　「佢做乜突然鬥志咁高昂嘅？唔通佢諗到啲咩詭計？」阿雲有點擔心。

　　「係機會！」電光火石間，勝負已分。

　　阿月逮到阿雲擔心遲疑的瞬間，主動出擊，以鐵筆直直刺向他的心臟位置，陷於被動的阿雲只能側身躲避，但還是被刺傷了少許，而阿月則把握這轉瞬即逝的空位立即逃跑，阿雲轉身再追已經被拋開五、六個身位，雖然不是追不到的距離，但處理傷口要緊，畢竟被鐵筆劃傷，傷口有被感染的風險。

　　在這一連串雖然只有數秒但卻很精彩的攻防後，第一回合，

阿月獲勝。

　　阿雲負傷走到廚房，他把廚房翻轉也找不到急救箱，他只好用下廚用的米酒當消毒酒精沖洗傷口，刺痛感頓時令他精神百倍。

　　「既然佢有鐵筆，我都揀樣武器頂住先，唔係 round two 都會輸畀佢。」阿雲看着滿牆的廚具自言自語，最後揀選了一個平底鑊：「煎 pan 都唔錯，進可攻，退可守，round two 就有本錢同佢再鬥過。」

　　另一方面，急於逃生的阿月一鼓作氣跑到三樓才回頭查看阿雲有沒有追上來。

　　「呼……總算……暫時安全，不過體力……都用得七七八八……頂……頂唔到幾耐……」他躺在地上，氣喘吁吁的說。

＋×＋×＋×＋×＋×＋×＋×＋×＋×＋

　　監察室內，全部人也注視着阿雲和阿月的對決，作為用上帝視覺觀看整件事的人，他們看得也十分緊張。

　　「阿雲 set 晒陷阱，阿月點走都走唔到，今鋪實死。」其中一位電了大波浪頭的長髮女工作人員說。

「未必，佢咁樣匿埋，基本上好難俾人發現，除非摸到，我反而比較擔心係佢夠唔夠氣。」一位白淨小生回應。

「你哋話阿雲會點樣進攻？佢爬咗上天花板我哋無 cam 好緊張。」另一位一臉鬍渣的年青人問，不過得不到任何回應。

此時，事前準備多時的阿雲從天花板跳下來，四處檢查洗手間，當他走到浴缸前，各人也自然的緊張起來、手心冒汗，直到他放棄離開才鬆了一口氣。

但很快他們便擔心起阿月來，他遲遲未現身，大家都擔心他是不是溺斃了，特別是 Eric Ericson。

「喂，快啲出嚟啦，唔好死，個實驗靠你㗎。」他默念，或許是念力的力量，阿月在 Eric Ericson 默念後便再次在水面現身，而且是有意識的。

「Yes！」Eric Ericson 暗自興奮了一下。

監察室的人都專心看着阿月爬上天花板，之後便屏息以待，只有 Eric Ericson 獨自走到一旁。接着良久阿月才在洗衣房爬下來，大家這才再次敢大力呼吸，大伙都遺忘了另一主角阿雲，更枉論在一樓的吃瓜群眾。

　　阿月開始撬門，他們的心情也跟着一起緊張起來，能撬開嗎？會安全嗎？阿雲會突襲嗎？想到這，才有人意識到阿雲在鏡頭前消失了，不知所蹤。

　　「有無人知阿雲去咗邊？」其中一個胖子問，但得到的回覆卻是：「咪鬼理佢咁多，而家個個都淨係睇阿月。」

　　大家等待撬門結果的同時，鏡頭終於出現了阿雲的身影，不知從哪裏閃出來的他迅速接近阿月，並伸出手向他襲去，但阿月避開了！眾人都看得心臟停頓，直呼緊張。

　　雖然無人在意阿雲剛才藏在哪裏，但胖子卻覺得他絕不簡單。短短時間內已經找到閉路電視的死角，將自己隱藏得如此完美，就像忍者般在意想不到的地方跳出來攻擊別人，令人防不勝防。

　　接着兩人對峙良久，大家都鴉雀無聲等待結果，直到阿月成功逃脫，熱烈的掌聲和興奮的歡呼室才又充斥着整個監察室。

　　Sigmond Fread 為看到了期待的畫面而滿意的笑了，雖然他一直強調不介入實驗，但心底始終都想看到一場精彩刺激的對局。至於 Eric Ericson，他則為阿月能成功逃脫、脫離險境而鬆了一口氣，畢竟要是他出局，那麼便很難再掌握遊戲發展。

「我開局我開局，我做莊，賭最後邊個贏。」其中一名年青小伙子興高采烈的説：「阿雲贏，一賠一點二；阿月贏，一賠一點五；樂哥贏，一賠二；野仔贏，一賠五；Maria 媽媽贏，一賠十；老鬼贏，一賠二十。買得多贏得多，有賭未為輸，嚓嚓嚓……」

這一弄令氣氛被炒得熱烘烘，不過 Sigmond Fread 和 Eric Ericson 都未有阻止，反而帶頭下注，使得大伙情緒更高漲。

+×+×+×+×+×+×+×+×+

「搞 X 錯，咁都走到？」

「回水！做戲嘅，有劇本㗎！」

「好精彩，ching 你唔識就唔好衝出嚟柒。」

「阿月型呀！」

「老公叻叻。」

「我係阿雲就一定拎張櫈 ban 埋去先再算。」

「CLS，個阿月開掛？好 op 喎。」

　　網民們為這一場決鬥留了很多留言，使得直播因演算法被推得更前，觀看的人數再增加了不少。

　　「睇直播嘅人突然多咗幾 k，今次對壘效果幾好。」Fiona 自言自語。

　　「唔使咁內斂嘅，今次的確係目前為止最好嘅一次，不過我哋每次都有進步，唔係咩？」Ben 看着觀看人數飆升而高興起來，走到 Fiona 身邊按着她的膊頭，但 Fiona 立即撥開他，他只好順勢雙手插袋。

　　Chris 都笑逐顏開的道：「我有信心會再升多啲！敢唔敢同我賭返次？」

　　Elise 露出嫌棄的眼神不屑的說：「咪成日掛住賭，賭少一陣會死咩？」

　　「你唔好咁話佢啦，」Alfred 打圓場道：「佢窮得只剩下錢，人生好無聊㗎。」

　　Chris 立即說：「你似係攻擊我多過幫我辯護喎……」

　　五人你一言我一語，聊得不亦樂乎，都忘記了留意遊戲的進展。

3.21. 捉伊因

3,2,1... 捉伊因

#12 PLAN B

　　地下的對戰暫告一段落後，阿月跑經一樓的一刻，樂哥他們已經意識到自己所在的樓層屬於高危之地，經商量過後，他們也一起跑到三樓，隨即看到躺在地上的阿月。

　　「啱啱傾嘅 plan b，而家係好機會去實行。」野仔小聲說。

　　「咁就照計劃行事。」樂哥一聲令下，大家各施其職，把阿月牢牢壓實、動彈不得。

　　「你班廢柴想點？」阿月只有嘴巴是自由的。

　　「你都有今日喇仆街仔，整斷我隻腳？今日我哋要搶走晒你啲錦囊同埋地圖。」老鬼眼見大仇得報，不禁興奮起來。

　　「錦囊？地圖？哈哈……」阿月瘋了似的笑起來，然後說：「錦囊你哋搶得走都無用，我已經記晒入腦，而家嗰啲對我嚟講都係廢紙一張，所以去晒回收筒。至於地圖，搵到有地圖麻煩畀多份我啄。」

　　面對阿月的虛張聲勢，老鬼立即以行動回應，他立即搜阿月身，但在他身上只找到一個裝着小鐵球的紅色錦囊，以及他手持的鐵筆，紙條和地圖都找不到。

　　「呢啲嘢有咩用？佢之前同我哋組隊嗰時有好多錦囊㗎，最衰

我唔記得晒。」一直在把風的 Maria 媽媽突然插話。

「你問我我問個鼻呀?不過呢條仆街攞得嘅一定有用,搶咗先講,至於佢口講嗰啲,唔知堅定流,唔信好過信。」老鬼二話不說便把東西搶了過來,之後還打了他一頓,直至樂哥出聲制止才停下來。

「哈哈,打囉,我有嘅錦囊一定係出去嘅關鍵,但全部都喺我個腦度,我死咗就會失傳,到時你哋咪喺度等死囉。」阿月歇斯底里的喊。

樂哥聽罷,冷靜的回答:「我啲 teammates 全部都唔想同你合作、想你死,但我認為要贏呢隻 game,一定要齊心協力、互相幫助、交換情報、集思廣益先得。只不過得我咁諗都無用,只要當中有人唔係咁諗就唔會成事,而係之前我已經知道你唔係咁諗,所以我都認為唔可以再拉攏你做隊友。不過聽佢哋講你殺咗幽幽,我認為佢身上一定有啲值得你郁手嘅嘢你先會殺咗佢,而殺咗佢你就可以得到嗰樣嘢,咁或者啲錦囊係可以繼承?邊個殺咗擁有錦囊嘅人就可以繼承佢嘅錦囊,我推斷有錯?」

阿月聽完後繼續一臉狂妄,沒有露出任何破綻,繼續說:「你試下咪知囉,但如果唔係嘅話,咁你哋就永遠離開唔到,最後淪為遊戲嘅犧牲品!」

　　樂哥雖然對自己的推理很有信心，但始終不是百分之百肯定，萬一錦囊真的不繼承，那麼他們便只有輸的結局，他承擔不起其餘三人的命。

　　「算喇，放咗佢。」樂哥率先鬆手，其餘三人同時作出反應。

　　「樂哥！」野仔説。

　　「乜春話？」老鬼説。

　　「吓？」Maria 媽媽説。

　　「我話放咗佢！」樂哥重申。

　　雖然不甘心，但他們都明白樂哥的苦衷，所以只好放手讓他離開。

　　「哈哈，你班廢柴，永遠都唔會成到大事，到最後你哋都係會喺度死晒！」阿月繼續躺在地上大叫，但樂哥他們沒有再理會他。

　　「我哋而家應該去邊先好？呢層我哋揾晒，留喺度都係嘥時間，一樓又高危，落去揾錦囊好危險，點算好？」野仔問。

　　「安全起見，我認為留喺度好啲，我哋唔知阿雲佢係針對阿月

先咁，定徹底變咗做鬼，對所有人都係咁，搏唔過。」樂哥説。

老鬼聽罷不同意，堅持説：「我覺得唔可以再喺度嘥時間，我要落返一樓，我驚都無驚過，隻鬼啱啱捉過老子一次我都無死！」

Maria 媽媽附和道：「係喎，我親眼見到，而家佢都仲生歐歐，可能隻鬼唔係人人都殺得死，有啲人係例外，我寧願搏下好過喺度等，我都跟埋佢落去。」

「冷靜啲，我哋係一 team 人，唔好分散行動好啲，不如咁，我哋投票決定。」樂哥提議。

經過簡單多數制的投票後，結果以兩票前往一樓，一票留在三樓，一票棄權，最後決定大伙一起動身返回一樓繼續搜索錦囊。

「喂，條仆街呢？有無人見到佢去咗邊？」老鬼突然大叫，其他人才赫然發現阿月已在不知不覺間溜走了。

「佢一陣突然出嚟襲擊我哋咪死⋯⋯幽幽都係咁俾佢殺死，唔知佢有咩辦法可以殺到人⋯⋯」Maria 媽媽擔憂道。

「唔使擔心喎大媽，佢條仆街啱啱界我塞咗兩鎚，受咗傷，無之前咁 Q 易出到手嘅。」老鬼自信的説：「佢條粉皮都半死，我

哋唔使擔心咁多。」

「小心駛得萬年船，大家多加留意就得，記得互相睇場，有事就大嗌，無論係遇到阿雲定阿月都一樣。」樂哥提醒眾人。

接着大伙便步步驚心的往一樓進發，不過落到一樓也沒有發生任何事。

「咁我哋而家就分頭行動，盡量留意細節，因為呢棟大宅有好多我哋意想唔到嘅機關同暗格。」樂哥下達指示後便走到最高危的五間套房逐一搜查。

他率先進入離樓梯最近的第一間房，他一打開門，便聽到「do」的聲音，他不以為意，只集中精神在尋找錦囊一事上。

這間房只是一間普通的套房，掛了一些畫作，並沒有任何特別的主題，就像一間有品味的睡房一樣。樂哥浸淫在這藝術氛圍之下，精神特別爽利，效率也提升不少。

經過一番搜索，終於在床頭上的一幅畫後方找到一個夾萬，但密碼卻不得而知。

「密碼會唔會係同幅畫有關？呢幅係梵高嘅《向日葵》，前後一共有十一幅，中間有一幅喺二戰時燒毀咗，而啲花有啲得幾枝，

有啲有十幾枝，作畫年份又有唔同，全部都係數字，應該邊個先係密碼……」樂哥獨自在苦惱着，一時間也想不到答案。

另一方面，由於樓梯下來第一間房是當初他們醒來的房，除了四面牆就甚麼都沒有，所以他們都直接將它無視，Maria 媽媽獨自去了放着幽幽屍體的冷藏庫，老鬼則負責大廳，野仔則去了第五間套房。

冷藏庫裏面放的都是滿滿凍肉，雞、牛、羊、豬、魚、馬、駱駝，連鱷魚也有，除了食材種類繁多外，並沒有甚麼特別，要在如此冰冷的地方逗留並尋找錦囊，對於衣着單薄的 Maria 媽媽來說完全是地獄體驗，可是她又不希望其他人會騷擾到幽幽長眠，所以才自告奮勇選擇這間房。

可是，待在裏面超過一分鐘的她已經冷得不能動彈，要走出冷藏庫讓體溫回暖。在等身體再暖和起來的時間，她想到了一個問題：「如果俾人反鎖喺入面咪凍死，趁而家研究下點樣唔會俾人反鎖先。」之後她便又忙了起來。

在大廳的老鬼把整個廳也翻轉了一次，但並沒有甚麼發現，他甚至仔細得連每個咕𠱸也拉開拉鏈檢查一次，但始終苦無收穫。

突然，他想起阿月曾經在這裏找到過兩個錦囊，於是便心灰意冷起來：「頂，係喎，唔記得條仆街喺度攞咗兩個錦囊走，佢

205

仲要有地圖，有錦囊佢都已經搵晒，而家呢度肯定乜都無，搵嚟都嘥 gas，歇一歇好過。」之後他便躺在沙發上稍作休息。

而本來在第五間房開始尋找錦囊的野仔，卻被開門時發出的「la」聲所吸引，認為開門時會發出這聲音絕對有玄機。

「開過咁多門都無聲，唯獨呢道門就有，究竟有啲咩秘密？呢間只係一間普通嘅房，有啲動漫 figure 做裝飾，同『la』有咩關係？」野仔不斷思索兩者間的關係：「呢啲 figure 嚟自唔同嘅動漫，但佢哋之間又無關係，我估都係純粹個人喜好先放埋一齊，定其實佢哋全部都同『la』有關？」

就這樣，在一樓的四人都各自在忙自己的事，連危機逐漸接近都懵然不知。

+×+×+×+×+×+×+×+×+×+

此時在二樓，一度失蹤的阿月再次現身，此時的他正躲在健身室休息並重新計劃下一步行動。

「我而家手頭上嘅武器無晒，得返啲唔知乜意思嘅錦囊，雖然應該都係離開嘅關鍵，但諗極都諗唔明背後係乜意思，佢同我講過嘅錦囊都差唔多搵晒，差一個喺外面花園，但都出唔到去，知道有都無用。」阿月坐在一角整理現在的情況，他深知自己已經成

為眾矢之的，所以目不轉睛的看着門，慎防突然有人闖入而自己來不及反應。

「或者喺度拎啲嘢做武器防身。」可是這想法一閃即逝，無他，皆因這些健身器材均十分沉重，拿來作戰絕不方便。

怎料就在他放棄選擇武器的一刻，竟然讓他找到了一個被鐵餅重重壓着的錦囊，他拿起這個黃色錦囊，裏面有一張紙條「V，一」。

「V，一？」阿月興奮起來，他暗自竊笑道：「睇嚟天未亡我，有何有V，今次想輸都難。」

「而家我要警戒嘅係全部人，錦囊有得代捉，就有機會有其他令玩家都可以捉人嘅錦囊，無人信得過，只有自己先最可靠。而家我有三個何一個V，但唔敢保證有人會解我，無人解我嘅話即係用咗等於認輸，一定唔可以隨便用，除非有自解，但會唔會有呢？」他冷靜分析如何最有效使用這兩個錦囊，最後得出結論：「V一定要用咗先，唔可以將自己條命交喺呢班廢柴身上，到真係無辦法先用何，但用完之後要諗計令班廢柴嚟掂我幫我解。」

「但呢啲都係防守，進攻先係最重要，嗰啲紙條上嘅句子，究竟代表住啲乜？『目視光明』……呢度嘅光明係指盞吊燈？望住佢點『衝破困局』？『填滿再填滿』即係填滿啲咩？『讓我肉身重

現人間』係咪即係整個公仔塞啲棉花入去？咁樣有咩用？用佢嚟望住盞吊燈？另外仲有無其他藍色錦囊？有嘅話又講啲咩？感覺呢啲藍色錦囊係指示我哋要做嘅任務咁，而紅色錦囊就係啲道具，黃色錦囊好似係啲技能咁，綠色錦囊就係捉伊因嘅規則，仲有無其他顏色？」阿月憑自己尋獲的錦囊總結出不同顏色錦囊的作用。

「喂，喺唔喺度？有嘢要問你。」阿月透過耳機，跟他的handler 聯絡，可是沒有得到回覆，眼下他只能依靠自己行事了。

休息也休息夠了，氣也回完了，是時候再次行動了。

他走到門前，透過門中的玻璃查看外面的情況，確認安全之後便走出去，作為單獨的第三勢力，再次興波作浪，為自己爭取最後的勝利。

「如果係機關，咁一定唔會係由參加者去做，而係由本身大宅入面有嘅物件嚟做，先會發動到機關。『目視光明』首先要要『目』同『光明』，假如『光明』真係盞大吊燈，咁就要搵有『目』嘅嘢望住佢先得。如果講到有『目』又可以望到『光明』，又會似係機關嘅，唔通係嗰樣嘅？」阿月猛然想到些甚麼，之後便野心勃勃的查看下方，目光落在那個「地方」，剛好眼尾餘光看到阿雲從廚房拿着平底鑊走出來。

「咁就 fit 晒，佢上嚟就係我落去嘅最好機會，有足夠時間界

我去驗證下我嘅推測正唔正確，而且佢拎住個煎 pan，喺一樓撞到班垃圾嘅時候肯定開戰，咁就為我爭取到唔少時間。」阿月歪着嘴的笑了起來，躲起來暗自監視阿雲的一舉一動，等待最佳的下樓時機。

+×+×+×+×+×+×+×+×+×+

阿雲拿着平底鑊走到一樓，雖然看不到人影，但已經適應並承認做鬼這個身份的他，對獵物的敏感程度幾何級數的上升，直覺告訴他這一層會有獵物。

他走到第一間房前，隨着「do」聲，門開了，正在苦思夾萬密碼的樂哥回頭看到阿雲立即大叫通知其他人：「阿雲嚟咗，大家小心！」

「死到臨頭仲得閒關心其他人而唔係向我求饒，死刑！」阿雲狂妄的說，接着便衝着樂哥跑去，不過這次不是伸手去捉，而是舉起平底鑊就打過去！

樂哥嚇得大叫，連忙跳下床，與阿雲隔床對峙，中途不忘循循善誘：「嘩！咁樣唔啱規舉㖭，點可以用武器㗎？你唔好俾做鬼呢個無限大權力嘅身份腐化自己！你係參加者，唔係隨便操控他人生死嘅殺人兇手呀！」

「咪煩！條命係我嘅，我鍾意點就點，你憑咩界意見？」阿雲一躍上床，再跳向樂哥，用全身的力量加上體重和位能向樂哥使出普通平底鑊攻擊。

「砰」！聲音大得震耳欲聾，地磚都碎裂了。

而樂哥則倒在三米外，看着全力一擊的阿雲露出滿意的笑容，就像看到一個以殺戮為樂的屠夫，無錯，就是雨夜屠夫！驚恐使樂哥的呼吸越見急促，此刻的他已經清楚知道，此阿雲已經不是彼阿雲，他已經徹底成為「鬼」。

要如何赤手空拳對抗鬼？在遊戲機制下，除了躲避外根本無其他方法，但躲避的地方亦只限於這房間內。一旦離開房間，其餘三人都會成為他的目標，因為他見識過阿雲的攻擊，清楚知道他們面對這個版本的阿雲只有死路一條，而他自己是唯一有可能拖延時間的一個，但亦僅限於拖延時間，而非戰勝他。

「一味避有用咩？最後都係會俾我捉，倒不如乖乖就範，慳返大家啲時間啦！」阿雲看穿了樂哥的想法，站起來以勝利者之姿朝樂哥邁步走去。

樂哥也趕快站起來，迎接阿雲的下一波攻勢，同時輸人不輸陣的回答：「或者你覺得而家我左閃右避係無用，但你永遠唔知道幾時會因為今次我避開咗而帶嚟連鎖反應，一舉逆轉，所以我

都會選擇繼續避，直到形勢起到變化為止！」

「哼！垂死掙扎，無聊！」說完阿雲一個箭頭衝到樂哥面前，樂哥身後已經是牆，沒有躲避後退的空間，只能橫移，阿雲看準這一點，用平底鑊的邊向橫一揮，樂哥雖然已經閃開，但仍走避不及，被阿雲的反手重擊直接擊中右面肋骨，骨頭斷裂的聲音即時由樂哥身上傳出。

「啊！」樂哥痛得即時大叫出來，這叫聲大得隔着房門也傳到了其餘三人耳裏。

「我都話你點避都無用，不過都算你好彩，咁都中唔晒，淨係打中少少，但下一擊你就唔會咁好彩，下一招就收你皮！」阿雲極度亢奮的說。

樂哥搗着痛處，斷了的肋骨壓住肺部，幸好未有刺穿肺部，但疼痛也使得他呼吸困難，已經沒有餘力回應阿雲。然而阿雲未有怠慢，攻勢一浪接一浪，連續的攻擊使樂哥節節後退，慶幸的是雖然他身體受傷，但腦袋依然靈活，縱然不斷後退躲避，卻沒有被逼入死角，永遠還有路可逃。

「可惡，你呢隻老鼠喺度四圍竄，硬係唔肯乖乖受死。」阿雲開始有點怒氣，攻擊更不講理，越來越密集，樂哥躲避顯得越來越吃力，而手腳亦中了多次攻擊。

「哐」！

夾萬被平底鑊擊中，立即凹了，門也打開了。樂哥看到後苦笑着說：「哈，估唔到用蠻力就開到，我諗咁耐密碼把鬼。」

阿雲並未加以理會，只集中要取樂哥的命。而不知不覺間，樂哥已經逃到門口附近。

「你唔係諗住走出去呀？」阿雲挑釁道。

「哈，以你嘅聰明才智，你應該一早估到我唔打算出去。」樂哥毫不掩飾的道出自己的計劃：「我嘅目的係盡量拖住你同消耗你嘅體力，等佢哋盡可能搵到多啲錦囊同埋離開呢棟大宅。」

「真係諗得完美，乜你真係認為有得出返去咩？就算真係有，都係俾我打殘捉晒之後，我一個走返出去。」阿雲神氣的說。

「再走我都真係頂唔順，橫又死掂又死，我都要搏一搏，隨時單車變摩托。」樂哥下了決心，隨手拿了一盞枱燈作武器，準備決一死戰。

「終於認命唔避，準備受死啦咩？」阿雲興奮的說：「可惜太遲，滿身傷痕嘅你可以做到啲乜嘢出嚟？」

「你睇下咪知我可以做到啲咩。」樂哥繼續與他舌戰唇槍。

下一秒，阿雲垂直一擊，樂哥看準機會，側身躲開，然後舉起枱燈揮向阿雲的頭。

「掂，打中喇！」樂哥心想。

「嘭」！

擊中了！

樂哥被擊中了！

樂哥的肚皮被平底鑊鑊底重重擊中，應聲飛到牆邊。

原來阿雲早已預料到樂哥會側身閃避，故垂直攻擊是幌子，橫擊才是真身，而樂哥以為阿雲只有一擊的準備，沒有料到阿雲有此一着，硬吃了他的重擊，立即吐得一地都是，已經奄奄一息。

「哈，天真！不過玩得痛快，而家賜你一死！」阿雲走近樂哥，伸手捉他。

「do」。

「樂哥!」野仔、老鬼和 Maria 媽媽同時在門擠進來,阿雲也嚇得停了下來,退後了兩步。

「你哋做咩……」樂哥看到他們的出現,心情十分複雜,可以用悲喜交集來形容。悲的是他的犧牲正式宣布白費;喜的是他們有情有義,明知有性命危險還前來襄助。

作為對比,阿雲則顯得萬分吃驚,特別是他看到某人的出現:「你……點解?」

「做乜春?老子我唔會因為俾你捉而死,係你天生剋星,問你怕未?」老鬼大無畏的說。

「無可能,點會無事?」阿雲十分詫異的道:「我明明捉到你……無可能會無事。」

「所以我唔驚你,因為你殺我唔死,受死啦你!」老鬼舉起鐵筆,忍痛跨出一大步,連同自己一路以來的委屈所累積而來的怨氣、怒氣,揮出重重的一擊,驚魂未定的阿雲雖然及時回神,奈何已經為時已晚,走避不及,身上再次被鐵筆劃上一道長長的血痕,又一次栽在鐵筆身上。

「死未?記住我,我係你嘅剋星,唔想死就乖乖聽話,否則我對你唔客氣。」老鬼趾高氣揚的對暫時失勢的阿雲說。

再三被鐵筆劃傷的阿雲因痛楚的關係暫時恢復理性，他的腦突然蹦出了一個計劃用來對付阿月。

「唔好意思，之前我俾阿月炠着咗，無晒理性，其實要對付阿月，都唔一定係要我自己一個去，你哋都俾阿月跣過，其實我哋可以合作。」阿雲提議。

「你又知我哋俾佢跣過？」Maria 媽媽反駁。

「詳細係點我真係唔知，但單憑你哋而家無同佢一齊行動，我再傻都會估到。」阿雲自信的道。

「你都真係搞笑，呢頭打捉完我哋，嗰頭又扮內疚之後話同我哋合作？憑乜要我哋信你？」老鬼依然保持警戒，不相信阿雲。

「冷靜啲，之前我哋同佢有合作過，知佢本性係點，所以我信佢。」樂哥倚着牆勉強坐起來，痛苦的問：「你想點合作？」

「喂！你俾人打懵咗呀？」老鬼怒吼。

「我決定咗。」樂哥肯定的説，老鬼只好別個頭走到一旁，自言自語道：「無你咁好氣。」

阿雲伸出自己的手，將電子手環展示給眾人看，螢幕顯示着

「幫捉，二」，在確認各人都看清楚後便説：「佢唔知我有呢個技能，我想揾兩個人幫手，每人一次機會，幫手趁佢無防備捉咗佢，等佢消失。」

「我哋憑咩信你？」野仔立即説。

阿雲看着野仔，內心一酸，深呼吸一下然後説：「的確，你哋係無咩理由相信我，但我哋都一樣咁憎佢，一樣想佢死。俗語話『敵人嘅敵人就係朋友』，單憑呢一點，我認為我哋可以合作愉快。老實講，呢個本來唔係我嘅計劃，但見到你哋，我諗用個plan b 都唔錯。」

「即係趁條仆街無防備未意識到之前隊冧佢？都好，值得一試，我做。」老鬼聽到後反而第一個支持，跟剛剛的反應完全不同，只能説他對阿月真的恨之入骨。

「Maria 媽媽都要幫幽幽報仇。」Maria 媽媽也毛遂自薦。

「你哋兩個自薦就好，本身我都想揾你哋兩個，因為樂哥同野仔無咩説服力。」阿雲説。

「等陣先，大體要點樣操作？」樂哥問。

「我估只要我用呢個技能分別搵佢哋兩個，佢哋就會變咗我嘅

分身咁。」阿雲其實也未試過，所以也只是瞎猜。

「估？萬一唔係咁點？佢哋咪死得好無辜？」樂哥反應很大的說。

「等我睇下。」野仔自告奮勇上前查看，一輪研究後肯定的說：「只要每次　確定再捉人就得。」

「好，老子先，我恨不得而家就睇到條仆街嗰個吃驚同求饒嘅樣。」老鬼心急如焚，阿雲也率先替他完成，接着也幫 Maria 媽媽啟動了幫捉一次的身份。

「記住，你哋得一次機會，捉到捉唔到都會變返普通人。」出發前阿雲再三警告。

「喈喈佢喺三樓，我哋上返去三樓搵佢！」Maria 媽媽得到新武器，意志高昂。

「等陣先，」樂哥冷靜説：「我哋都要有個故仔，如果唔係你兩個貿貿然上去，佢實起疑。」

「一個同我哋反目，又投靠返佢嘅故仔。」野仔説。

「求其啦，話我哋意見不合咪得，呢啲嘢邊個會理。」老鬼着

急的説。

野仔立即反對説：「遊戲越後期越唔可以咁馬虎！尤其是你哋之間咁多嫌隙，突然又話投靠返佢，正常人都會有戒備，何況呢個仲要唔係正常人？無周全計劃等於自殺。」

「有道理，Maria 媽媽都同意。」Maria 媽媽説。

「麻 Q 煩，咁快啲講，要點嘅故仔？」老鬼不耐煩的道。

「如果話嫌我哋一老一殘廢，佗手褦腳？」Maria 媽媽提議。

「唔 work，佢同我哋合作過，知樂哥唔係咁嘅人。」野仔一口否決。

「挑，最簡單，照事實講，話見到樂哥俾阿雲打殘，但條仆街就可以全身而退，覺得跟佢穩陣啲，就背叛囉，之後又拎啲錦囊畀佢證明自己忠誠就得，我之前都試過差唔多。」老鬼説。

「之前試過？咁佢點會又再中計？」野仔質疑。

「唔係，我覺得可行。」樂哥久違的開口：「因為有錦囊，佢都想搵到錦囊贏隻 game，所以佢一定會接受。只要佢有一秒鬆懈，你哋就可以得手。」

「好，一於咁話，咁界啲咩錦囊俾？」Maria 媽媽問。

「界我嗰啲，有一個我都唔明係乜，趁而家不如大家一齊解理佢。」阿雲說，之後便把那個意義不明的錦囊拿出來分享。

「滄海一聲笑？」各人都異口同聲道。

阿雲點點地，然後說：「你哋覺得會係咩意思？」

「分明就係一首歌喇，你哋唔鵝係未聽過啊？」老鬼隨口便唱了幾句。

「咁但係有咩用？」野仔問。

「我 Q 知咩。」老鬼不屑的說：「等嗰個仆街阿月解喇。」

「一個就夠？」Maria 媽媽以防萬一問。

「我仲有個『six feet under』，同埋老鬼嗰張『fish me is fishing all』，」樂哥喘着氣說：「仲有嗰個夾萬入面應該有錦囊，野仔你去睇下。」

野仔依着樂哥指的方向走去，打開凹陷的夾萬，果然有一個藍色錦囊，他打開後唸出紙條上的字：「黑夜降臨，永遠都是黎

明的先兆。」

「又係一句唔知嚕乜春嘅嘢。」老鬼不滿的説。

「等等先，」野仔看着錦囊，發現了新大陸：「個錦囊入面暗花有個阿拉伯『2』字。」

「咩話？」樂哥驚呼，同時拿出所有錦囊查看，發覺只有藍色錦囊的裏面有暗花數字，他説：「我呢個係『5』。」

老鬼也回答：「我係『6』。」

阿雲查看後也如實的説：「我嗰個係『3』。」

「喂，有無人話畀 Maria 媽媽知，呢啲數字代表乜？」Maria 媽媽着急起來，因為只有她手上一個錦囊都沒有。

「我估計係順序。得藍色呢個錦囊係有順序的話，即係我哋要跟住呢個順序去做，如果唔係唔會成功。」樂哥推測。

「『1』同『4』會唔會喺阿月度？定未有人揾到？同埋會唔會有『7』、『8』、『9』、『10』或者更多？」阿雲也表達出他的疑慮。

「呢層真係無人知，不過目前有啲咩就見步行步，最少我哋知

道呢隻錦囊係有先後次序,其他嘅搵到先再算。」樂哥總結。

「好,都啱,事不宜遲,我哋立即行動。你哋兩個行先,我喺後面匿埋,隨時補刀。而你哋兩個就喺度好好療傷。」阿雲指揮眾人,分工合作,一起踏上討伐阿月的旅途。

3,2,1...捉伊因

#13 地下攻防戰

老鬼和 Maria 媽媽一邊走一邊小聲抱怨，一直走到三樓。

「月大哥，你係邊度？我哋棄暗投明，帶咗禮物過嚟，希望你收留返我哋。」老鬼在三樓喊，但良久都沒有回應。

「喂，會唔會佢匿埋咗防備我哋？」Maria 媽媽小聲的問。

「你問我我問個鼻呀？逐間房搵下咪知囉。不過咁暗都唔知點搵，我去開返盞燈先。」老鬼說完，命令了 Maria 媽媽到遠處的房間查看，自己則先去找燈的開關把吊燈亮了，然後再找樓梯附近的房間。

不一會，整層三樓都找完了，但都找不着阿月的蹤影。

Maria 媽媽恍然大悟道：「佢應該唔喺呢層。」

「挑！」老鬼出言不遜：「老子夠知，全層都搵唔到人，唔通識隱形咩？落二樓啦！」

老鬼帶頭走到二樓，又再重複一次剛才的說話，但都是沒有回應，接着他倆又一次翻轉二樓，都是找不到人。

「佢幾時落咗一樓㗎？」Maria 媽媽疑惑的問。

「我點知，佢識飛咩，行啦。」老鬼再次命令 Maria 媽媽落到一樓，第三次重複台詞，同樣得不到回答，而且搜遍一樓也找不到他的身影。

「咁得返地下，早知一早就走落去，唔使老子嘥咁多腳骨力。」老鬼怒氣沖沖的走到地下，然後立即變臉，裝出可憐愧疚的樣子，第四次重複同一句說話。

可是，依然得不到回應，而且都是遍尋不獲他的蹤影。

「喂！咩玩法？人間蒸發咗？」老鬼不滿的叫嚷：「親生仔就可以識隱形？」

「冷靜啲冷靜啲，佢會唔會係匿埋咗喺嗱？或者有暗格之類呢。」Maria 媽媽提出假設。

「咁多地方有暗格，又要逐層揾過？」老鬼發脾氣怒吼。

「唔使發脾氣嘅，Maria 媽媽同你一齊揾。」Maria 媽媽終於有機會展現母性。

「乜帶槍投靠都仲要哀契弟咁哀，真係大枝嘢喎。」老鬼憤怒的說。

Maria 媽媽立即上前搗着他的口說：「唔好亂咁講嘢，可能佢就係附近監視緊我哋。」

「妖！」老鬼撥開她的手，然後說：「知喇知喇，我去搵喇，好未？」

經他們一番仔細搜索，終於在樓梯下面找到一個藏身之處，但阿月並未在裏面。

「仲暖㗎，證明佢啱啱曾經喺度。」Maria 媽媽冷靜分析四周線索，可是剛踏出第一步，她便中了阿月設下的陷阱，整個人被倒吊起來。

「救命呀！」她即時求救，但老鬼也愛莫能助，因為他也同時被阿月用椅子和木條困住，動彈不得。

「你兩條友奇奇怪怪，有咩企圖？」阿月質問。

「我哋唔奇怪㗎，只係睇清楚形勢，想投靠你嗜。」Maria 媽媽說。

「我唔需要隊友。」阿月斬釘截鐵的拒絕。

「但我哋有你想要嘅錦囊，可以離開呢度，放咗我哋再慢慢

傾。」老鬼即時使出絕招,令阿月無法抗拒。

　　阿月猶疑了一下,最終還是堅持己見:「我唔使隊友,特別係你哋兩件一老一廢騎呢怪,我要你哋啲錦囊只要殺咗你哋就得,好似殺嗰條女咁。」

　　「咩話?真係你!Maria 媽媽要親手殺咗你幫幽幽幫仇!」Maria 媽媽聽到阿月親口承認殺了幽幽之後,頓時失去理智。

　　「哈,咁嘅反應仲好意思話想投靠我?」阿月冷嘲熱諷道。

　　「月大哥,唔好怪個阿姐,佢憶女成狂係有啲神經質,不過我哋真係有心想投靠你嘅,我哋淨係想有命出返去,唔求咩獎金,你係最大贏面,所以我哋先想跟你搵食,求下你做個好心收留我哋。」老鬼用他的三寸不爛之舌繼續遊說阿月,但心裏卻盤算着另一個計劃:「只要你放咗我,我就一手捉你,你就玩 X 完。」

　　阿月仿佛看穿他倆的心意、知道他們的計劃,於是拋下一句:「你兩個死不足惜。」接着便在老鬼身上拿回小鐵球和鐵筆離開了,留下他們在等死。

　　此時,一直埋伏在樓梯的阿雲見計劃行不通,便立即退回一樓,靜靜觀看情況,再等待機會偷襲。

阿月走到樓梯前，把小鐵球放到扶手上的裝飾小石像底下，然後轉動它，把它面向吊燈。

大宅傳來「咔嚓」一聲，雖然只是很小的一聲，但阿月還是清楚聽到。

「嗯，睇嚟我估啱咗。」阿月自信道。

然後，他回到老鬼和 Maria 媽媽前，說了一個提案，頓時把兩人都嚇呆了。

「你個仆街，你點會知㗎？」老鬼立即破口大罵。

「咁即係要我哋一齊死，點解我哋要咁做？」Maria 媽媽說。

阿月笑了，癲狂的笑着，並沒有直接回答他們的問題，只是重複一次他的提案：「你哋兩個同時互捉，邊個死唔去嘅我就畀佢做我隊友。」

阿月拿着鐵筆把玩，等待他們自行決定自己的命運。

十分鐘過去，Maria 媽媽因為倒吊而嚴重腦充血，加上年紀不少，開始變得頭暈目眩，阿月走近她，在她耳邊小聲說了數句後，露出詭異的笑容便進去了。

老鬼見狀急得連忙追問，但 Maria 媽媽隻字不提，只是重複說：「佢乜都無講。」

「我哋坐埋同一條船㗎！」老鬼怒吼。

他們一個不斷追問，一個堅持不說，在一旁靜靜坐着的阿月看着這齣鬧劇開心得不亦樂乎。

人與人之間的信任，就是如此脆弱。

「我會捉佢。」老鬼突然吐出一句。

「好，咁你呢？」阿月問 Maria 媽媽。

Maria 媽媽難以置信，驚訝的說：「咩話？你黐咗線呀？我哋同 team 㗎，點可以自相殘殺㗎？」

「我唔理！我淨係要生存！」老鬼搖着頭不顧一切的說。

「好，既然你係咁諗，咁 Maria 媽媽都同你死過！」Maria 媽媽突然意會到些甚麼，變得強硬起來，對阿月說：「我都會捉佢！」

「哈哈哈哈。」阿月大笑開來，走到他倆面前說：「好，非常

好，咁先係㗎嘛。」

「只不過，」阿月突然話鋒一轉，收起笑臉認真說：「我係唔會界你哋兩個呢到。」

他連人帶椅拉着老鬼到Maria媽媽面前，分別抓住兩人的手，他們似乎意識到接着下來會發生甚麼事，立即扭動身體掙扎起來，可是阿月牢牢抓着他倆的手，任憑他們再奮力掙扎也於事無補。

阿月捉着兩人的手，就在他們正要互相碰到對方之際，阿雲登場了，老套的劇情往往就是這樣。阿雲大聲喝令制止了慘劇，阿月立即興奮大笑，放下他們的手，轉身面對阿雲，猙獰的說：「乜你終於肯現身喇咩？我等咗你好耐喇，今次一定會隊冧你。」

阿雲甚麼都沒有說，只是緊握平底鑊並舉起，做起了戰鬥的架勢。

而老鬼和Maria媽媽總算從死裏逃生，紛紛鬆了一口氣，歡呼道：「加油阿雲，快啲解決佢救我哋走。」

他倆之間隔了約七個身位，這距離很微妙，無論哪一方，都有足夠時間因應對方行動才決定下一步。對於阿雲而言，首要之事便是縮窄與阿月之間的距離，然而阿月則刻意與他保持距離，以保靈活性。

他們一進一退，始終都繞着餐桌轉圈，誰也討不到便宜。

「哈，」阿月慢慢掌握了主導權，自信的説：「今次你死硬。」他突然發力推動餐桌，把阿雲逼入死角困住，自己跳上餐桌，舉起鐵筆刺向阿雲。

説時遲那時快，鐵筆與平底鑊之間奏起了刺耳的交響曲。

「係機會！」阿雲借着阿月被平底鑊遮住的少許視覺盲點，伸手想抓住他的腳踝，可是阿月雖然看不到阿雲的手，但還是看得到他的肩膊，憑着他肩膊的少許抖動，判斷出他的意圖，敏捷的向後跳了一小步，順利瓦解了他的攻勢。

「雕蟲小技。」阿月對阿雲的小手段嗤之以鼻。

阿雲趁着阿月稍為退後、不在攻擊範圍的瞬間，把餐桌推翻，在餐桌上的阿月即時跳下來躲避，阿雲利用這空檔即時去解救老鬼和 Maria 媽媽。

被救下來的兩人道謝後立即進入戰鬥狀態，充滿默契的分別跑到阿月的左後和右後方的盲點，形成一個三角形將阿月圍住。

「你條仆街都有今日喇，等老子嚟收你皮！」老鬼興奮起來，磨拳擦掌，準備手刃仇人。

「三個?」阿月不屑的說:「你哋以為我未試過俾十幾個人圍過咩?得三個人就以為可以做低我?未免太睇小我。」

「你投降啦,Maria媽媽唔想殺人。」Maria媽媽作出最後的勸降,但對阿月來說這是比粗口更難聽的說話,所以他直接無視了,並決定先攻擊她,由此打開決口。

阿月二話不說、憑聲辨位,拿着鐵筆往右後方後退一大步,然後直接往後捅。

「啊!」一聲悲鳴,之後便是倒下的聲音。

他拔出鐵筆,温暖的鮮血伴隨着鐵鏽味從後像噴泉般噴出,直接噴到阿月身上,把他的衣服染紅了一大片。

整個過程他始終面不改容,即使是每日宰牛劏豬的屠夫,每次奪去一條生命都會有一點點的傷感,但他卻連半點的憐憫也沒有,殺人如麻。

老鬼和阿雲目睹整個過程,驚嚇得發不出丁點聲音,眼前的這個人——不,已經不能再稱呼他為人,直接稱呼他為魔鬼更貼切——殺人手法如此純熟,究竟他的雙手沾染了多少人的鮮血?此刻他們該慶幸的是,做鬼的是阿雲而不是阿月,否則遊戲可能不消十分鐘,便以阿月捉到並殺光所有人完結了。

　　躺在血泊之中的 Maria 媽媽痛苦的呻吟着，她並未完全斷氣，雖然失血過多使得意識模糊，但總算尚有一絲氣息，老鬼見狀上前打算替她止血施救，但被阿月用鐵筆攔截阻止。

　　「你老味！」老鬼眼見被阻止，立即轉而目標攻擊阿月。他緊抓着鐵筆不放，奮力一踭撲向阿月。

　　「何。」阿月小聲的説了一聲。

　　「哈哈哈哈，你條廢柴，我終於可以隊冧返你報我隻腳嘅仇！我報到仇，我終於報到仇！你條廢柴仲唔死？你發夢都無諗過竟然係我送你上路呢！哈哈哈哈……」老鬼不斷重複着説，他開心的程度遠比從監獄釋放出來重獲自由的時候。

　　為免擺烏龍，他亦再三確認，肯定自己的右手確切的放在阿月的背上，他真的成功捉到阿月了！

　　不過，阿月並沒有任何不妥，甚至笑了起來。

　　「點解會咁㗎？」老鬼非常驚訝，不敢相信眼前的景象，他甚至反複再捉摸了阿月數次，但他還是安然無恙的站在這裏。

　　「除咗我，原來條仆街都唔驚俾人捉？難怪佢咁肆無忌憚、打橫行啦。咁今次仆街，仲可以點對付佢？」老鬼徹底拿他沒轍，只

233

懂不斷後退，直到撞上牆壁再無力的坐下，雙手抱頭，不敢接受現實。

「KO 多一件。」阿月陰險的笑説，然後指着阿雲道：「You are the next one，準備好受死未？」

阿雲面對着被捉也沒事的阿月，心中除了十萬個為甚麼之外，根本想不到其他的事，而且眼前這個魔鬼，單憑他自己一人是否能應付到，也是未知之數，可是此刻的他並無退路，只好硬着頭皮上。

阿雲回答：「而家鹿死誰手都係未知數，始終我係鬼，點樣優勢都係我呢面，只要掂到你就係我贏。」

「哈，天真，如果我手上無可以應付你嘅武器，你估我仲會喺度同你打？」阿月神氣的説，之後便率先發起攻擊。

他站在椅上，居高臨下與阿雲互有攻守，但雙手打成平手，阿雲始終未能成功捉到他。

此時阿雲心生一計，將攻擊目標由阿月轉為他踏着的椅子，他大腳一掃，椅子的前腳應聲斷裂，阿月立即向前仆倒，阿雲乘着機會伸手捉他。

「Ｖ。」阿月立即使用錦囊，阿雲的攻擊無效化，無論多少次都無用。

「點解會無事？唔通我已經唔係鬼？」阿雲不解。

「我都講咗，我無武器係唔會同你正面開戰，你永遠都贏唔到我，快啲認輸換我做鬼啦！」阿月越發狂妄。

突然，阿雲發現了一些端倪，雖然是他推測，但還是裝作已經了解一切的說：「可惜，其實我一早已經知道，雖然我捉唔到你，但同時你都郁唔到，除非有人解你，因為你而家何緊！」

聽到這句說話，阿月一點也不驚訝，相反，如果阿雲發現不了，他會很失望。他滿意的說：「作為我少數認可嘅對手，如果咁你都發現唔到，我會好失望，不過就算你知道咗，都係奈我唔何，你唔係指望嗰條廢柴會幫到你呀？」

阿雲輕鬆的笑道：「好可惜，你何咗雖然我捉唔到你，但同樣地你都郁唔到，只要其他人唔解你，或者佢哋都何晒，又或者佢哋都畀我捉晒，根據規則你都係輸！」

阿月完全沒有膽怯，他很早便了解到遊戲的規則，所以他一早已經計劃好如何有效使用錦囊，只要按着他的劇本走，他必定勝券在握。

「之不過，何息息相關，你最需要嘅錦囊『自解』喺我手上；同時間，你嘅剋星『無視何』我都有埋，所以而家嘅你係只有等死嘅份。」阿雲說完，慢慢走到阿月身邊，使用了無視何伸手觸碰阿月。

面對阿雲的死亡之手，阿月並沒有退縮或害怕，繼續維持微笑看着阿雲，那鄙視的眼神仿佛看穿阿雲的一切行動，嘲笑着他注定會失敗。

「啪」，阿雲的手確切的拍在了阿月身上，然後便是靜待死亡的來臨，對於終於解決了阿月的阿雲來說，看他是何種死法最是令他期待的事。

很快地，一分鐘、兩分鐘、三分鐘都過去了，但阿月依然安然無恙的站在這裏，始終微笑着，阿雲也開始覺得事有蹊蹺。他看了自己的電子手環，的確「無視何」是扣了一次，證明真的使用了，但為何阿月還未發作死亡？

他大惑不解，正想開口發問，但阿月已經看穿了他，搶先將他心中的問題說出來：「係咪好好奇點解我仲未死？係咪覺得遊戲主持人偏袒我唔畀我死？」

「點解會咁？」阿雲還是吐出了一句。

「只有了解遊戲規則嘅人，先會喺呢場遊戲入面獲勝。」阿月微微笑道。

阿雲完全拿他沒辦法，想了一會後，突然冒出了一個念頭：「我捉唔到佢啫，我令佢郁唔到都得喫，綁住佢咪無問題。」

「喂，老鬼，幫我拆條繩過嚟。」阿雲吩咐老鬼去把繩拿來，自己繼續監視阿月，以免他趁機溜掉。

「喂，老鬼！」阿雲重複，但他依然處於頹廢的狀態，一直振作不起來，於是阿雲只好賭一把阿月不能自解，親自去把剛才倒吊 Maria 媽媽的陷阱拆除，拿着繩打算將阿月五花大綁。

突然，阿雲眼前一片漆黑，從樓梯處傳來「踏踏踏」的急促跑步聲，他下意識的伸手到樓梯間嘗試抓住這人的腳，而幸運地，他的確抓到了，那人立即仆倒在地。

「哈，你個仆街，今次仲唔死？」雖然燈滅了阿雲看不清對方，但單憑那敏捷矯健的腳步來推測，這人必定是阿月，畢竟老鬼的一條腿跛了，不可能跑這麼快。

「雖然我唔知點解你會郁到，但今次你無其他護身符啦喎？」阿雲興奮的説，而被抓住的人也的確沒有掙扎。

237

「哈哈哈哈……」阿月失心瘋般笑了一會，然後恥笑道：「阿雲啊阿雲，我都話咗要熟遊戲規則先贏到，點解你到而家都仲未明？你係咪無童年㗎？上捉上，下捉下，有隔牆，無穿針係常識，咁你都唔知？」說完他大力一腳甩開了阿雲的手，消失在通往一樓樓梯的盡頭。

「上捉上，下捉下？所以嗰時我捉老鬼佢無事係因為佢喺梳化上面而我企喺地下？有隔牆，無穿針？無穿針……我有『穿針』呢個錦囊㗎，頂！」阿雲突然茅塞頓開，一切的事也想通了。

阿雲拿着椅子走到老鬼跟前，然後站在椅子上，彎腰將老鬼扶起。可是老鬼現在的狀態是「爛泥扶唔上壁」，每次扶起他，他都會無力的倚牆而下，攤坐在地上，然後還會說出一些晦氣說話，想阿雲快點了結自己。

阿雲也是人，也會有脾氣，面對老鬼的這個態度，他也到達了臨界點，揪起老鬼然後記：「你肯振作未？你唔係有超能力，佢都唔係有超能力，你哋都只係利用咗規則所以先無事！你哋都係普通人，佢都係會被捉會被殺，我哋仲有機會消滅佢，我需要你幫手。」

接着阿雲簡單的解釋了為甚麼老鬼和阿月被抓了都會沒事的原因，老鬼才恍然大悟，戰意又再次高漲起來，怒火也燒得更加旺盛。

阿雲向戰意高昂的老鬼講述了新的作戰計劃，於是，第三回合的戰鼓正式敲響。

+×+×+×+×+×+×+×+×+×+

在一樓房間內，已包紮好的樂哥爭分奪秒，拖着受傷的軀體繼續在其餘的房間中尋找錦囊，而為免樂哥的傷勢會加劇，野仔決定與他一起行動。

他們進入第二間房，打開門便有一聲「re」，野仔雖然好奇，但也沒有深究，只顧全力尋找錦囊。

這間房以塗鴉為主題，四面牆都很有街頭藝術氣息，就似一幅巨大的畫布，任由人們發揮創意。

「嘩，好靚。」野仔讚不絕口。

「呢啲 graffiti 好似無咩關連，但實際上好似描述緊一件事咁。」樂哥直接指出：「係一場捉伊因！」

野仔聽罷換個角底再看一次，然後說：「我反而覺得似係咁多個人爭緊一樣嘢咁，你睇下，但太抽象唔知係乜。」

他們仔細研究，始終未有共識，後來還是放棄了，再次專注

於尋找錦囊上，他們檢查房間每一吋地方，但都沒有發現錦囊，於是便搜尋第三間房。

第三間房打開門的聲音是「mi」，房間以簽名球衣為主題，足球、籃球、棒球、美式足球、網球、排球、乒乓球、羽毛球……所有說得出的球類運動的球衣也有，而且全都有出名球星簽名，價值連城。

「咁多件唔同種類嘅簽名波衫，要儲都唔易，呢間大宅嘅主人真係唔簡單。」樂哥說。

這些球星野仔一個也不認識，所以他並沒有甚麼感覺，好奇的問：「乜呢啲人好勁㗎？」

樂哥微笑道：「梗係勁啦，基本上呢度每個人都係嗰個時代最具代表性嘅人物，就算無留意開嗰樣運動都會嗌得出佢個名嗰隻。」

「嘩，咁真係好勁，大宅個主人都幾有心，將同色系嘅衫放埋一齊，成間房好有規律咁。」野仔說，但這句話令樂哥注意到一樣細節。

「唔係喎，佢啲衫唔係跟顏色放，而係應該跟運動種類放，呢度全部都係足球，呢度全部都係籃球，雖然啲顏色都相近，不過

都有一兩件完全唔同，唔通呢樣就係機關？」樂哥迅速得出結論。

之後他們便將球衣分類掛在一起，可是甚麼事都沒有發生。

「唔通係我太敏感？」樂哥自省。

但此時，野仔無心的問了一個關鍵的問題：「呢件籃球波衫咁特別嘅，其他都係寫英文，唯獨呢件寫中文，『歐陽早』，呢個人又係好勁㗎？」

「歐陽早？聽都未聽過，乜水嚟？呢度件件都係 NBA 球星波衫，呢條友憑咩掛埋一齊？」樂哥心想，於是告訴野仔：「呢件就係關鍵！」

野仔聽到後便前去把它取下，可是燈突然關了，眼前一片漆黑，一時之間找不到球衣所在，過了一會，走廊便傳來跑步聲，房門「do」、「re」、「mi」的順序響起，之後便有一個人氣喘如牛的跑進來。

3,2,1...捉伊因

#14 困獸鬥

「熄咗燈，咪即係『黑夜降臨』！係第二步，第一步係咪有人做咗？」野仔還未來得及確認剛進房間的是誰，只是突然想到錦囊上的一句話，便興奮的說出來，把球衣的事忘記得一乾二淨。

「噢！乜原來熄燈係第二步？咁就真係錯有錯着喇。」說話的是阿月，他就是剛闖進房間的人，他已經將鐵筆架在樂哥的頸上挾持了他，野仔發現的時候已經為時已晚。

「哎、哎、哎，你唔好亂嚟啊，我會驚㗎，到時驚起上嚟錯手殺咗佢就唔好喇，我又唔係鬼，唔鍾意濫殺無辜。」阿月奸險的說：「第三步係咩？個錦囊應該喺你哋手上，快啲講我知，快啲離開到大宅就快啲安心唔使驚被人殺死。」

「野仔，唔好講，佢上得嚟即係老鬼佢哋行動失敗咗，好大機會已經畀佢殺咗，而家只可以靠我哋對付佢。講咗佢聽，咁老鬼佢哋就白白犧牲㗎喇，所以點都唔講得！」樂哥態度堅決的說。

「得返半條人命，仲要畀我揸住春袋，咁都仲要逞強？睇卡通片睇得太多，以為會有奇蹟發生呀？」阿月一施力，鐵筆便把樂哥的喉嚨緊緊頂住，使他呼吸困難。

「樂哥！」野仔擔心的說。

「你真係唔講？咁佢都唔頂得好耐，好快就窒息㗎喇。」阿月

要脅道,然後再加重力度,把樂哥壓得呼吸不了。

「停手!我講、我講!快啲放咗佢。」野仔哭着説。

「你講咗先。」阿月説,此時的樂哥已經接近休克狀態。

「『滄海一聲笑』!第三步係『滄海一聲笑』!我講咗你知喇,快啲放人!」野仔着急的説。

阿月聽完後立即知道當中的玄機,冷笑一聲後便放了樂哥,準備走出房間,但正好碰着阿雲打開門,「mi」。

「哈,仲捉你唔到?」阿雲好像一早已經知道阿月在房內,立即展開攻擊,幸好阿月的反應快,側身避開再大力關門,把阿雲夾住。

野仔看到這一幕,立即加入戰團,安放好樂哥後便從後緊抓着阿月使他不能再頂着門,阿雲推開門後,瞄準阿月便立即出手,而阿月出於自保,立即轉身,以野仔做擋箭牌,阿雲見狀即時收手,但他的速度太快,收掣不及,整個人撞在野仔和阿月身上,野仔作為三明治中的火腿痛得立即鬆手,阿月乘機脱身。

「Sorry,有無事呀野仔?」阿雲慈祥的問,只差在未伸手扶起他。

「仲未死得，我哋快啲對付阿月先。」野仔甩甩頭，讓自己清醒一點，之後站起來擺出捉人姿勢。

在這間酒店套房大小的房間內，一場二對一的捉伊因大戰一觸即發。

「首先要拎走佢枝鐵筆先，咁就唔會咁易受傷。」阿雲下達指示，野仔做一個「OK」手勢回應。

至於阿月，他站在床的另一面，右面是套廁，可以躲進去或者跳上床，有兩條逃生路線選擇。

野仔率先出擊，不給阿月太多的思考時間，直直的跑去想捉住他。但這次與之前不同，阿月清楚看見而且已有所防備，所以當野仔跑到他面前時，他輕輕側身一閃，同時伸出右腳，輕易便把野仔絆倒，使他摔了個五體投地，滑行了接近三米距離。

不過野仔並未氣餒，立即爬起身再次發起攻擊，阿月見狀依然泰然面對，側着身同時看到野仔和阿雲，然後等野仔跑到身邊時施展了一招過頭摔，狠狠的把野仔摔在床上，野仔無力反抗，一動也不動，然後阿月用鐵筆指着野仔的頸，威脅阿雲道：「精精哋就交晒啲錦囊畀我，唔係我就殺咗佢。」

阿雲見狀，心有點動搖，真的有把錦囊都交給他，換野仔一

命的想法，不過此想法只是曇花一現，因為他看到野仔打了一個眼色，立即明白到這是他的小計謀，目的是令阿月鬆懈，可以拿到鐵筆的控制權。

阿雲放下平底鑊，除下電子手環，舉高雙手，慢慢走到阿月面前，正要把電子手環放在床上之際，野仔立即發難，緊抓着鐵筆，並且踢了阿月氣門一腳，他頓時呼吸困難，拿着鐵筆的手也鬆開了，野仔立即取走並把它丟到門邊。阿雲也立即戴上電子手環並捉實阿月，可惜，阿月始終快了一步跪在床上，阿雲的攻擊無效。

阿雲只好立即跳上床再捉一次，但阿月反應也很快，即時跳下床並後退數步，退到洗手間前，迅速的打開門躲了進去。

阿雲滾下床想跑去洗手間乘勝追擊，但野仔攔住了他，並在他耳邊說悄悄話：「聽講佢鍾意上天花板，你爬上去截佢，我喺下面守住，佢實走唔甩。」

阿雲點頭同意，然後爬上天花板，向洗手間方向爬去；而野仔則走到洗手間前探頭查看，裏面果真沒有阿月的身影，為了進一步確認，他走進去查看，依然找不着。

他沾沾自喜想：「Bingo，佢真係爬咗上去，咁佢死硬。」

　　可是就在他回頭想步出洗手間的同時，一直躲在門後的阿月上前踢了他一腳，正好踢在他的肚上，他立即雙膝跪下，搗着肚子說不出一句話。阿月也並未留戀，即時離開洗手間，往門口方向跑想要離開房間。

　　「咔」，門開不到，就像有人用力從外拉住般，阿月反復嘗試了數偏還是不得要領，此時，野仔搗着肚子走到他背後，而阿雲也從天花板爬了下來正磨拳擦掌。

　　「Well done 老鬼，你係今次 MVP。」阿雲隔着門讚許道。

　　而門外也傳來老鬼驕傲的回答：「唔使乜講，老子我細細個就做呢啲惡作劇，難我唔倒。」

　　阿月被逼到死角，只好拿起鐵筆傍身，阿雲也擋在野仔前面，拿起了椅子當武器，與阿雲展開最後一個回合的決戰。

　　「呢場係我同佢嘅決鬥，你唔好插手。」阿雲凝重的說，野仔也感受到他的氣場，匆忙應了後便走到樂哥身旁拉走他，以免被波及。

　　待一切就緒後，阿雲便發起攻擊，他把椅子放在身前，以椅腳當武器直刺向阿月，阿月蹲下右滾翻避開，然後以鐵筆刺向阿雲，阿雲之前已經吃了阿月數次虧，已經很清楚他的攻擊套路，

所以立即揮椅格開鐵筆，順勢以椅子把他壓在地上困住他。

「今次你仲有得走？」阿雲以勝利者之姿居高臨下的說。

阿月維持一貫遊刃有餘的臉口說：「你捉到我先講啦。」說完他施展一招金蟬脫殼，輕鬆的逃脫了，阿雲攔也攔不住，無他，畢竟椅腳很長，要逃也很容易，根本困不住人。

逃出之後的阿月深明鐵筆拿椅子沒轍，即時拿起旁邊的另一張椅子與阿雲對峙。

接着的數十次椅子交鋒中，阿雲每次都嘗試捉阿月，但阿月每次都能巧妙躲開。在多次的交戰中，雙方體力亦逐漸耗盡，慢慢由對打，變成椅子互相碰撞，戰場亦由門邊，漸漸蔓延至窗邊。雖然看似還是勢均力敵，但實際上阿雲正處於下風，被逼到窗邊，而野仔也只好拉樂哥避進洗手間。

「今次你真係郁唔到喇。」阿月看準機會，用椅子把阿雲連人帶椅困在窗邊。

由於中間多了一張椅子，阿雲沒有剛才阿月的廣闊空間逃生，反而被壓得死死的，勉強只有一隻手能動，但對他而言已經足夠。

「穿針。」阿雲把手穿過椅子，伸向阿月。

野仔看到阿雲處於劣勢，顧不得阿雲剛才的勸告，自告奮勇上前協肋他。

阿月面對阿雲的攻擊，同時眼角看到野仔襲來，腦袋經過零點零二秒的運算後，立即用「何」將阿雲的攻擊化解，接着野仔剛好撲上來，替他解除「何」的狀態，重獲自由。

「多晒。」阿月得戚的說，然後把椅子一扭，阿雲的手立即被夾實、扭曲。

「啊！」阿雲痛苦大叫。

「痛呀？」阿月明知故問，然後再扭多一點，阿雲的手扭曲得更不自然，估計再施力便會斷。

阿雲冒着冷汗強撐着說：「一啲都唔痛，我係爽到叫，你越扭我越爽，我鍾意啊！」

「哈，咁唔誠實，咁我就如你所願。」阿月再扭，阿雲的手臂已到被扭斷的邊緣，在旁看得呆了的野仔此時如夢初醒，立即上前用撞擊絕招阻止阿月。阿月冷不防野仔的撞擊，手滑了一下，阿雲才得以救回手臂。

「乳臭未乾！」阿月怒目而視，然後用椅子一下打在野仔的身

上，野仔即時吐血。

阿雲看到後極度忿怒，大吼一聲：「阿月！」然後單手拿起椅子擲向阿月，阿月再次避開，然後用盡全力用椅子打在阿雲的頭上，阿雲應聲倒地，不醒人事。

短短的一分鐘，阿月連續擊倒兩人，房間內再無人可以自由活動。為保險起見，不像電視劇和電影般，只擊倒不滅口，最終被反殺，阿月用掛在牆上的球衣作為繩子，仁慈的逐一為他們上吊，好讓他們慢慢斷氣，死得辛苦一點。

最後一個回合，勝者還是阿月。

+×+×+×+×+×+×+×+×+×+

此時此刻，觀看直播的人都興奮起來，不知由何時何人開始，給阿月起了一個外號——「神月」，並迅速得到觀眾認同而竄紅，人人也成為他的信徒，不斷為他製作 meme 圖，不只暗網，連表網都爆紅起來，成為網絡熱話。

「神月，快啲制裁佢哋。」

「皇天擊殺。」

「神月使用絕招天罰，敵人失去戰鬥能力。」

「神月神月神月。」

「我都畀佢圈粉，型。」

「一打二仲要輕鬆取勝，果然係神月，抵我一開始就睇好你。」

「神月，快啲殺埋佢哋，唔好留生口。」

「我正式宣布，神月係我偶像！」

有這樣的熱度，作為金主的六人是非常樂見的，他們也暗自高興起來。

Alfred 和 Chris 則趁機挖苦 Fiona 道：「你支持嘅樂哥死咗喎，今次你終於都估錯喇。」接着兩人開心的擊掌

而 Fiona 並未被他們影響心情，只是寬容的笑說：「睇到最後再講。」

Ben、Daisy 和 Elise 並未加入戰團，只是默默的盯着畫面，因為她倆都相信 Fiona 的猜測，在樂哥身上下了重注，所以都祈

禱着樂哥平安無事。

+×+×+×+×+×+×+×+×+×+

監察室內同樣非常熱鬧,看着阿月解決三個對手,基本上已經再無其他人能阻止他獲勝,下注在阿月身上的人都欣喜若狂,因為他們都深信自己已經贏錢了。

此時,胖子又再發問:「如果隻鬼死咗,咁個實驗係咪就會完?」

這個問題引起了 Sigmond Fread 的注意,他走到胖子身旁,小聲的説:「你都幾常睇到啲 nobody care 嘅細節,what's your name?」

胖子受寵若驚,結結巴巴的回答:「係⋯⋯ 係,我叫 Z⋯⋯Z⋯⋯Z⋯⋯Zero,係一個 psy⋯⋯psycho 學生,今次嚟係實⋯⋯ 實⋯⋯ 實習嘅。」

「Zero,well done,你實習滿分,grad 咗之後直接嚟返工。」Sigmond Fread 滿意的道:「而你擔心嘅問題,放心,實驗係唔會就咁完。鬼其實同其他參加者一樣都係普通人,只係畀咗些少特權佢,之後就任佢自由發揮。但係,呢個只係實驗嘅上半 part,成個實驗最重要嘅其實係下半 part,一個普通參加者究

竟會唔會自己將自己變做鬼，自己畀特權自己，而其他參加者會
唔會又臣服於佢？」

　　「呢個就係我哋當初設計呢個實驗嘅終極目的。」此時，Eric
Ericson 補充，並難以置信的説：「肥仔，睇嚟你有啲料到，令到
Sigmond Fread 會親自同你搭話同解釋個實驗。」

　　Zero 開心得不知怎樣回應，只懂羞澀的點頭。

321. 捉伊因

3,2,1...捉伊因

#15 月落，日出

一輪激戰過後，房間內又回歸平靜，房間外的老鬼心急如焚，很想早點知道結果，對於是否解開綁着門把和欄杆的繩猶疑不決。

至於房間內的阿月，大概已經想到老鬼耍了甚麼把戲，但要從房內把門打開，似乎沒有可能，除非把門弄壞，但門一旦壞了，那很有可能完成不了「滄海一聲笑」，便無法離開大宅，所以他還是選擇以熟悉的天花板爬出去解決老鬼。

可是當他查看天花板後，便立即摒棄了這個想法，或者是因為音樂機關的緣故，這房間的天花板通不了出去，所以唯一能離開的路只有門口。

雖然知道是白費氣力，但他還是再次嘗試開門，看看門能開到多大，好再制定對策。

「Mi」，門竟然順利打開了，阿月戒備心立即上升，透過門縫查看門外的狀況。由於吊燈關了沒有再開，所以比較黑，但還是看到門外有一條血路，而且沒有人。

「睇嚟條廢柴驚到匿埋咗，又要我花時間搵佢出嚟，麻鬼煩，不過我鍾意咁樣嘅狩獵。」阿月莫名興奮起來。

他拿起鐵筆，大步走出房間的同時，腳感覺到被人觸摸了一下，而觸摸他的人不是房間內的人，而是一直潛伏在房間外，利

用黑暗和門縫盲點躲藏的老鬼——不，正確來說，觸摸他的人是由老鬼操縱的 Maria 媽媽。

「哈哈哈哈，你拎條屍嚟做擋箭牌？無出息！」阿月嘲笑老鬼，然後大力踢向他們，他們立即飛到數米外。

「不過都好，自己送上門，唔使我嘥時間去搵。」說完他舉起鐵筆，走到老鬼面前，狠狠的打下去，同時無情的說：「死廢柴，死監躉，人間垃圾，我今日要打死你為社會滅廢，你死有餘辜！」

阿月瘋狂的抽擊，令本身還有意識用手格擋的老鬼漸漸失去意識，頭破血流、血流如注。

一輪暴打之後，眼見老鬼已經失去意識，阿月都停手不再打，轉移去破解「滄海一聲笑」這個錦囊，可是就在此時，他突然感到頭暈，耳朵聽不到聲音，眼睛像加了紅色濾鏡，鼻水流不停，口有鐵鏽的味道。

頭暈使阿月決定先坐在一旁休息，畢竟勞動了一整天，又沒有補充能量，體力都接近耗盡，既然現在再沒有其他人能夠阻撓他，他也能安心好好休息，待體力回復再去完成錦囊上的謎題。

就這樣，阿月安靜的入眠了，而他的七孔依舊流血，直到體內的血都流乾。

　　阿月就這樣過世了，而捉到他的是 Maria 媽媽，一具已經成為屍體、但尚保留「幫捉」這技能未使用的 Maria 媽媽。

　　阿月的這個死法很有一代梟雄的感覺，生前轟轟烈烈，成就了一番事業，但死法卻是如此的平淡乏味，無人問津。

　　「阿嬸，恭喜你大仇得報，哈哈。」老鬼在確定阿月真的死透了才爬起來，而此刻 Maria 媽媽的屍體好像也笑了。

　　阿月的錦囊被轉移到 Maria 媽媽身上，但 Maria 媽媽已經死了，是被阿月殺的，根據遊戲規則，錦囊是由殺人者繼承，所以兩人的錦囊不斷互相繼承，直到電子手環壞了才停下，這個 bug 使得他倆的錦囊都不復存在。

+×+×+×+×+×+×+×+×+×+

　　私人影院內，剛才還得意忘形的 Alfred 和 Chris 像失聲般靜音了，兩人坐在角落，一片愁雲慘霧。

　　Elise 和 Daisy 則在旁幸災樂禍，肆意嘲笑他倆還未學乖，每次跟 Fiona 打對台都落敗。

　　Ben 默默坐在 Fiona 旁邊，未有發聲，只是專注的看着直播。

而 Fiona 依然雍容華貴的坐在自己的座位上微笑着，簡單發了一個訊息，然後繼續像看穿全世界般觀看螢幕，靜待事情的後續發展。

至於網民看到「神月」之死，也靜了一分鐘為他默哀，之後再留了很多婉惜的留言紀念這位他們心目中的神。

而觀看直播的人數，也隨着阿月的殞落而斷崖式下滑。

+x+x+x+x+x+x+x+x+x+

同時間，在監察室內，包括 Sigmond Fread 和 Eric Ericson 在內的全體工作人員，看到阿月竟然這樣落敗也顯得非常錯愕。

此時此刻，大概只有一個人高興，就是作為莊家的那人，因為絕大部份的人都押在阿月身上，而且金額不少，這樣他可謂賺得盤滿缽滿。然而，他卻是其中最傷心的一人，因為打從心底裏，他是希望阿月獲勝的。

「Boss，咁樣都得？屍體都可以捉人？呢個仲唔係 bug？而且電子手環繼承個設定都有 bug。」Zero 指着螢幕跟 Sigmond Fread 説。

「Absolutely，呢啲係我哋 design 個 experiment 嘅時候

無顧及到嘅嘢喇，但係呢啲都係 a part of experiment，所以我哋無得干預，只可以喺最後嘅 discussion 度詳細寫低今次實驗嘅 limitation 同 suggestion，等下次可以再做完美啲。」Sigmond Fread 對實驗的真實性有着無以名狀的堅持和執着，這亦是 Zero 欣賞他的地方。

而 Eric Ericson 則走到一旁發訊息：「阿月死咗，個實驗會失控，點算？」

不消一分鐘，他便收到回覆：「如我所料。」

接着他追問下一步應該如何做，但已經沒有任何回音。

+×+×+×+×+×+×+×+×+×+

大宅內，老鬼心懷感激的把 Maria 媽媽的遺體也放到冷藏庫，好讓她能與幽幽一同長眠。三鞠躬之後，這才醒起尚在房間內的三人，他立即跑進房間，眼見他們都被上吊，他猶疑了。

「救？唔救？」這兩個念頭在他腦海中不斷交替出現。

救，可以借助他們的智慧，解開錦囊謎題逃離大宅。

不救，可以獨自生還成為勝利者，獨得獎金，但良心會一世

受責備。

經過一輪天人交戰，老鬼決定還是忠於自己，貫徹自己重視義氣的人設，把他們逐一抱下來，並輪流用心肺復蘇法施救，經過十數分鐘的搶救，三人都恢復意識，老鬼也鬆了一口氣。

「老鬼，」阿雲一眼看到他，便欣喜若狂的說：「你出現得，即係我哋嘅計劃成功咗！」

「係，無錯，我哋成功咗，我哋推斷得無錯，個阿嬸……我指 Maria 媽媽，佢無浪費到你個錦囊，真係就算死咗，只要未用都仲有效果。」老鬼也激動落淚的說。

「咩錦囊？咩推斷？」剛蘇醒的樂哥聽得一頭煙，完全不知他們在說甚麼。

「係囉，究竟係咩一回事？點解老鬼你咁勁，可以殺到佢嘅？」野仔他糊里糊塗，但不斷稱讚老鬼。

「等我簡單同你哋講下發生咗咩事。」阿雲坐直身子說：「其實啱啱我哋三個喺樓下同佢大戰咗一輪，可惜我哋輸咗，連 Maria 媽媽都犧牲埋。不過好快我就振作起嚟，上嚟繼續同佢周旋，順便我哋決定賭一次，賭贏我哋就可以消滅到佢，賭輸我哋就一同歸西。」

　　此時老鬼也忍不住插嘴道：「我哋係有兩個贏嘅機會，一個係你哋打 X 贏佢，另一個就係試下 Maria 媽媽未用嘅錦囊仲用唔用到。」

　　「無錯，事實證明我哋賭贏咗，個錦囊仲用到。」阿雲接過話再說下去：「坦白講，我哋都無咩把握，只係阿月講過話要熟規則先贏到，咁規則無話過唔可以咁做，所以其實係佢啟發咗我，嚴格嚟講係佢殺咗自己。」

　　「原來仲有段咁嘅故，好彩你哋贏咗，而家呢招就變咗神之一着，咁我哋而家可以和平咁跟住錦囊去做晒啲任務，然後離開大宅喇。」野仔高興的說。

　　眾人都笑了，然後一起討論「滄海一聲笑」究竟是指甚麼，而那件「歐陽早」的球衣，他們已經拋諸腦後了。

　　「而家諗返起，我有啲在意開門時嘅音樂聲。」樂哥說。

　　「Do、re、mi 咁，但又得五間房唔係七間，五音不全。」野仔吐槽，但就是他隨口的一句，喚起了老鬼的記憶。

　　「五音不全，無錯，就係五音，野仔，你知唔知點解係五音不全，而唔係七音不全？」老鬼興奮的問。

野仔搖搖頭，並遲疑的答：「係因為……五音不全順口啩？」

此時，樂哥和阿雲也從老鬼的提問中聯想到了答案，同時說：「我明喇！」

四人中只有野仔一個不明白，他嚷着道：「即係點呀？我唔明喎，講我知啦。」

老鬼見狀，解釋道：「因為中國音樂傳統係得五音，即係宮、商、角、徵、羽，分別對應返 do、re、mi、so、la，所以頭三間房嘅開門聲係 do、re、mi，而最後一間房我開過係 la，換言之第四間房係 so，而咁喵《滄海一聲笑》呢首歌就係用中國五音編成，即係話只要我哋用門嚟奏一次《滄海一聲笑》，咁就會完成到錦囊嘅任務。」

接着他們便着手研究記憶中《滄海一聲笑》的樂譜，最後成功寫下全首歌的樂譜。

「我哋一人負責一道門，阿雲你辛苦啲，負責兩道，準備好我哋就開始。」老鬼發號司令。

「羽、徵、角、商、宮、角、商、宮、羽、徵。」

在奏了首兩句後，他們便聽到齒輪聲，然後在「徵」房間的

地板上冒出了一個迷宮。

　　這間房是樂哥負責的，所以他是第一個發現並進內查看的人，而其他人也陸續趕到，一起研究這迷宮怎樣破解，只有阿雲一人姍姍來遲。

　　「個迷宮……應該唔難。」阿雲隨便看了一眼後說，雖然他戴着面具，但隱約還是感到有點凝重，可是此時並沒有人在意。

　　「完全唔難，等我嚟。」野仔拿着在迷宮起點的旗子，在沒有折返、一直高歌猛進的情況下，零失誤順利通過了迷宮，就在完成的一瞬間，「咔咔」的齒輪聲又響起了。

　　「大宅有啲咩變化？」老鬼問。

　　「唔多覺有咩變化。」樂哥在走廊大聲回答。

　　「咁而家下一個錦囊要我哋點做？」老鬼問。

　　「我哋無第四步嘅錦囊。」野仔有點失落的答。

　　「可能喺阿月度，去搵下佢身上啲錦囊就知。」樂哥回憶道。

　　老鬼低垂着頭，意興闌珊的說：「無用㗎，唔使白費氣力，

佢個電子手環燒咗,而身上都無錦囊,我已經搜過佢身。」

聽到這個絕望的答案,眾人都沉默了,氣氛一下子降到冰點,與剛才興奮破解迷宮的情況截然不同。

「但都唔使咁愁,」老鬼續說:「佢同我哋組隊嗰時,有講過佢有咩錦囊。」

這句說話重燃了眾人的鬥志。

「不過我唔記得晒嚕。」老鬼再次硬生生奪走他們的希望,使他們陷入更深的深淵。

「既然係咁,其實你唔講會好過講囉。」野仔小聲嘀咕。

「事到如今,我諗我哋而家要做嘅有兩樣嘢:一,老鬼你盡量回憶,睇下諗唔諗得起;二,我哋整合晒手上嘅錦囊同道具,盡量做啲而家可以做到嘅嘢。」樂哥再次發揮領導才能,統率眾人。

「鐵筆我諗係要撬開啲嘢,但唔知撬啲乜 Q。」老鬼望着手中的鐵筆說。

樂哥也拿出鎖匙模具,然後猜想:「我諗用呢個模整條鎖匙出嚟,可以開到某道門,值得一試,但用咩整條鎖匙?」

　　野仔此時想到了之前的蠟燭房，提議道：「用蠟嚟整得唔得？我啱啱負責『羽』房，入面放晒啲動漫 figure，其中一 set 令我諗起以前睇過嘅一套動畫，入面都係用蠟嚟整條鎖匙之後開鎖逃走。」

　　「掂掂掂！」樂哥聽後覺得可行，續説：「蠟燭整鎖匙呢招 work，我哋快啲去蠟燭房，記得拎埋個平底鑊。」

　　如是者，一行人上到二樓的蠟燭房，Joyce 的遺體依然以受驚過度的樣子躺在床上，他們都對她恭敬的行三鞠躬之禮，然後便取了一塊蠟，再落到地下廚房進行加工工序。

　　在地下，滿地的血跡和凌亂的環境使得樂哥和野仔即使無身歷其境，也能想像到剛才大戰的壯烈，這使得樂哥冒起了活着離開，再找主辦者報仇的想法。

　　他們由廳走到廚房，再發現嘔心的事——KT 和福伯的屍體正躺在廚房的地上，KT 的雙眼還充滿怨恨的看着他們。雖然已經很久沒有他倆的音訊，但樂哥一伙還是希望他倆只是躲了起來，想不到最終還是失望而回。

　　「安息啦你兩個。」野仔上前，用手掃了一下 KT 的眼瞼，好讓他死得眼閉。

「我哋搬佢哋埋一邊先，一陣再好好安置。」樂哥說，然後四人便把他倆的屍體抬到一旁。

處理好屍體後，樂哥便拿出蠟放在平底鑊上加熱，使蠟融化，再倒進鎖匙模具製造鎖匙。

看到這一幕，老鬼突然喊了出來：「頂！我記得喇我記得喇！個錦囊好似話要填滿啲嘢令佢重見天日之類，我諗應該係講緊呢個鎖匙模。估唔到錯有錯着。」

「好，咁我哋就完成咗第四步，之後第五步係……」野仔望向樂哥，樂哥接着說：「第五步係我個錦囊『six feet under』，雖然暗指死人，但照理唔會叫我哋去死先係，唔通真係要我哋挖六呎深？但室內鋪晒磚，點挖？」

此時，樂哥留意到廚房窗外的花園，然後問：「個花園點先出到去？」

「有道門嘅，不過鎖X咗，所以唔使諗住喺嗰度可以逃走到。」老鬼隨便答。

「哈，」老鬼的答案一出，所有的事物都串聯了起來，樂哥用偵探的口吻說：「通晒，一切嘅謎都已經解開。呢條鎖匙係用嚟開通去花園道門，然後我哋喺花園挖六呎深就會搵到嘢。」

大家聽到樂哥的推理，雖然無人知是否正確，但都一律先報以歡呼聲，無他，因為當人長期處於高壓的環境和身心俱疲的狀態之下時，都會想有一個人可以依靠，使自己可以放棄思考，盡可能逃離這個困境，而此刻樂哥就是他們的救命繩索。

他們依據樂哥的指示，取下蠟製鎖匙。鎖匙造型雖然非常完美，可是始終是蠟製，難免會有點脆弱，樂哥千叮萬囑他們要小心取下，以免弄斷而功虧一簣，要重新製作。

幸好，野仔心靈手巧，取下了完美無缺的鎖匙交給樂哥，之後大伙便隨着老鬼的帶領走到花園門前，準備打開門。

「記住小心啲唔好扭斷，斷咗喺個鎖入面就玩 X 完。」老鬼再三提醒，樂哥也清楚知道嚴重性，故也非常小心謹慎的開鎖。

首先是插入，蠟製鎖匙完美契合鎖匙孔，沒有插不進的情況，證明推斷正確，鎖匙果然是用來打開花園門鎖的。

接着是開鎖，樂哥手持蠟製鎖匙，順時針慢慢的扭動它，起初因為怕會弄斷而不敢使勁，使得門鎖沒有扭動的痕跡，後來逐漸掌握到鎖匙的硬度，放膽用力扭動它，「嗒」的一聲，門鎖開了。

然後是開門，樂哥拔出鎖匙，左手握着門把，用力一扭，門輕易被打開，清新自由的空氣立即撲面而來，一大片花園也映入

眼簾。

　　再者是步出，他們都為能走出大宅感到高興，即使還有高牆，但終於能走到室外，對他們來說已經是天大喜訊。

　　最後是挖掘，雖然興奮，但他們始終不忘初衷，在花園內尋找要挖掘的地方。

　　「成個花園話大唔大，話細唔細，唔會無目標要我哋亂掘，一定有啲咩線索，大家搵搵。」樂哥憑直覺推斷，之後大家便仔細尋找這不知道存不存在的線索。

3,2,1...捉伊因

#16 最後的一塊拼圖

　　私人影院內，Fiona 面對驟降的觀看人數忍不住大笑了，Alfred 和 Chris 抬頭看着他，Daisy 和 Elise 則笑着走到她身旁，而一直專注在螢幕的 Ben 也將視線從螢幕移開，改投到她身上，根據經驗，只要 Fiona 發出這種笑聲，事情便會變得有趣起來。

　　Elise 從後摟着 Fiona，曖昧的問：「勝利女神 bb，事到如今，仲有啲咩有趣事會發生？偷偷地講・畀・我・知，嘻嘻。」

　　「你個 Elise 啊，仲係咁百厭整鬼 Fiona，你知佢一向唔會劇透，我哋都係安靜等睇好戲罷啦。」Daisy 拉開 Elise 的手說，Elise 同時向她做了個鬼臉，然後沒癮的回到自己座位上。

　　Ben 看到這幕笑了一笑，沒說甚麼，只是站起來走到 Alfred 和 Chris 身旁，把他們攔下，讓他們坐回自己的座位上，而自己也坐在他們旁邊。

　　而 Daisy 則坐了原來 Ben 的位置，與 Fiona 肩並肩看大結局。

+×+×+×+×+×+×+×+×+×+

　　眾人埋首在花園尋找線索，只有阿雲站在大宅內看着他們。

　　「喂，你做乜唔嚟幫手搵呀？」老鬼大聲問，但阿雲沒有回應，只是繼續雙眼放空的看着他們，心事重重般，老鬼也沒有對他多

加理會。

　　阿雲在旁一直維持這個狀態看着三人努力尋找，已經過了半小時，依然沒有進展，各人都累得坐在地上。

　　「阿雲，」樂哥叫喊道：「你睇咗咁耐，係咪已經知要掘邊度？」

　　阿雲依然沒有回答，只是把身上的玩具劍拋給野仔，然後轉身回到大廳坐下，沒有再理會他們。

　　「點解阿雲會咁嘅？係咪規則規定佢唔出得㗎？」野仔不解的問。

　　樂哥也不知實情，只能無稜兩可的答：「唔知，可能佢太㷫，始終一個人對咁多個對手，啱啱又同阿月大戰咗幾 round，受咗咁多傷；又或者佢唔想出嚟搵，廢事人多手腳亂，錯手掂到我哋，搞到我哋被捉啩。」

　　野仔只能以「哦」來回應，然後拿着玩具劍繼續尋找線索。

　　「野仔等陣，」樂哥喊停他，然後上前拿起他的玩具劍查看後說：「原來喺呢度。」

「吓？」野仔不明所以。

樂哥將玩具劍遞到野仔面前說：「你睇清楚啲，見到啲咩呢？」

野仔細看玩具劍的細節，赫然發現招紙上印有一棵樹，在樹下印有一個小小的交叉，樂哥觀察着野仔的微表情，顯然已經知道他終於意識到，便說：「咁你而家明喇。」

說完之後帶了野仔到一棵桃花樹下，用玩具劍開始掘地工程，最終在掘了約半米後，一個寶箱出土了。

「頂你個肺，幾驚真係要掘六呎深。」老鬼喘着氣說。

「我諗嗰句野都只係暗示要掘地啫。」樂哥微笑道。

「會唔會真係再掘落去，掘到六呎深又會有其他更重要嘅嘢？」野仔提出假設。

「你咁講又有可能喎細路，咁我哋繼續掘。」老鬼和議道，但立即被樂哥阻止。

樂哥拿着玩具劍半認真半開玩笑的說：「你哋講笑喳？真係想用呢個玩具劍掘六呎？認真？你哋知唔知六呎即係幾深？以呢

個玩具鏟嘅用料，我驚你哋掘爛個鏟都未掘到一半。啲道具都係對應一個錦囊咁用，好明顯呢個玩具鏟就係對應掘地，你見佢掘咗呢個寶箱出嚟都已經崩晒，所以係得呢個寶箱，無其他㗎喇。」

經樂哥一番勸喻之後，他倆總算放棄了繼續挖掘的念頭，轉而專心研究這個掘到的寶箱。這個寶箱與一般動畫和遊戲上的寶箱一樣，圓拱形的木箱，沒有任何的裝飾，樸實無華。要說分別的話，就是它沒有鎖，不是用鎖匙開啟的。

「呢個寶箱咁 X 古怪，要扑 X 爛佢先開到？」老鬼高舉着鐵筆，作狀要打破寶箱。

「唔使扑爛佢嘅，你咪有佢條『鎖匙』囉。」樂哥指着老鬼手中的鐵筆説。

「『鎖匙』？頂，係噃，我仲當佢真係武器，唔鬼記得佢本身個用途。」老鬼嘗試用鐵筆撬開寶箱，三兩下功夫後便成功打開了它。

「一塊砌圖？」三人異口同聲説。

野仔拿起那一塊砌圖研究了一會，橫看豎看，它都只是一塊普通的砌圖。

此時野仔想起了老鬼的錦囊，他說：「樂哥嘅『six feet under』就係指呢個寶箱，之後就係老鬼你個錦囊，即係話呢塊砌圖係用嚟解你個錦囊嘅道具。」

「吓？即係點？用塊砌圖嚟釣魚呀？咪玩喇……」老鬼覺得這做法非常無稽，但野仔始終堅信兩者有關係，爭論不休之下，樂哥調停道：「你哋都冷靜啲先，老鬼，你畀個錦囊我睇睇，睇下有無漏咗啲咩重要線索？」

老鬼沒好氣的拿出錦囊，同時說：「雖然佢係話 fish，但我始終覺得唔 X 係釣魚囉，再講，呢度邊度搵條魚畀你釣？我覺得係代表其他嘢，會唔會係魚餌咁解？」

樂哥接過錦囊，看了一眼紙條，然後大笑起來。

「喂，有乜咁好笑？」老鬼忍不住走上前問，野仔也好奇的湊了過來查看，然後他也笑了。

「喂，頂你哋兩個，有乜咁好笑？」老鬼更加急躁，想快點知道他們笑的原因。

「你啊，英文有待進步。」野仔搭着老鬼膊頭說，這評語雖然是事實，但令到老鬼有點不悅。

「呢張紙的確唔係講釣魚，你無講錯。」此時樂哥已經收拾心情不再笑，變得認真開來，老鬼聽到樂哥這樣肯定他的推測，開始得意起來，用手肘頂了野仔一下，向他示威。

「不過，」樂哥續説，而老鬼聽到「不過」二字，心裏頓時涼了一截，樂哥也上前搭着他的膊頭説：「的確你英文係需要進步，張紙條唔係寫『fish me is fishing all』，而係『finish me is finishing all』先啱。即係話完成幅砌圖就搞掂。」

老鬼聽到這，滿臉通紅，恨不得立即挖一個六呎深的洞自己鑽進去。

「之但係，邊度有砌圖？」野仔問。

樂哥搖搖頭，然後説「唔知㗎，但我諗應該喺大宅入面，入返去搵。」

老鬼看到有機會一雪前恥，立即搶着説：「喺地下樓梯前面有。」

「勁喎，果然係落過嚟地下，一早摸熟晒環境。」野仔稱讚説。

得到老鬼的情報，一行人在老鬼的帶領下，再次回到大宅內，而阿雲依然坐在廳內看着他們，沒有加入一起行動。

　　他們走到拼圖前，這是一幅約三米長兩米闊的巨型拼圖，拼圖是一幅油畫畫的全家福，若不仔細查看，它根本與一幅普通油畫無異。

　　「幅砌圖咁巨型，你估係幾多塊？又要砌幾耐？」野仔看着這幅巨大拼圖驚嘆道。

　　「我完全唔想知，淨係想快 X 啲搞掂晒啲任務走人啫。」老鬼心急的説，同時目不轉睛的盯着拼圖，尋找那缺失的一角。

　　樂哥、老鬼、野仔三人火眼金睛看着拼圖的每一吋地方，由上到下看一次，又由左到右再看多一次，但始終找不到是哪一塊缺失了。

　　「成幅畫啲色調都咁暗，黑色灰色咁，成幅『純黑地獄』咁，好難搵。」野仔揉着眼抱怨道，而老鬼也洩氣的坐在梯級，雙目無神的看着拼圖。

　　樂哥心底其實也想將自己負面的一面表現出來，但作為領袖，他不容許自己這樣做，所以他選擇繼續奮鬥。他首先問野仔拿了那一塊拼圖，然後仔細研究它有機會出現的位置。

　　「呢度真係好黑，但錦囊又無話開得返燈，唯有拎出去花園睇清楚。」樂哥拿着拼圖走到花園外，在天然光的照射下，這塊驟眼

看是全黑的拼圖，竟然有很微小的光暗分別，而且還在邊緣隱約看到有點酒紅色，這兩點絕對是重大的發現，樂哥欣喜若狂的跑回大宅，跑到老鬼和野仔面前，特地提高自己的興奮度告訴他們自己的發現：「大發現大發現大發現呀！塊砌圖原來唔係純黑，而係有啲陰影同酒紅色，只要搵到酒紅色又有陰影位就會搵到缺咗嘅空位。」

「雖然知道咗呢啲線索，但係真係睇到我眼都花Q埋。」老鬼埋怨道。

野仔作為容易受激勵的人，聽到樂哥的說話，立即重燃鬥志，更嘗試帶動老鬼說：「唔好咁，既然而家有個咁明顯嘅線索，我哋應該更加投入去搵先係，我哋距離逃出呢個地獄只差最後一步喳！」

說完，野仔拉着不願動的老鬼再次走到拼圖前，用有如X光的雙眼掃視整幅拼圖。

「陰影、酒紅色、陰影、酒紅色、陰影、酒紅色……」野仔一面尋找一面唸唸有詞，終於皇天不負有心人，他在女主人的手附近找到了符合樂哥描述的圖像。

酒紅色的指甲油，在黑色的蕾絲手襪中約隱約現，貴氣端裝的女主人散發着一種神秘的氣息，還夾雜着一點點的邪氣，令人

一看再看，越看卻越不寒而慄。

「我搵到喇！」野仔興奮的大叫，並指着拼圖說：「係左手無名指！呢塊砌圖就係砌喺嗰度。」

樂哥和老鬼循着野仔的說話往上看，果然發現該處有一塊拼圖缺失，形狀剛好與他們手上的拼圖相符，大家低落的士氣因為這個發現又再次高漲起來。

老鬼連跑帶跳走到樂哥前說：「快啲砌上去完成佢，咁我哋就走得！」

「好，」樂哥也想趕快完成，連忙說：「搵堂梯過嚟，我爬上去砌埋佢。」

「邊度有梯呀？咪玩啦。」老鬼說：「櫈就有。」

「櫈應該唔夠高，除非幾張櫈疊埋，但咁樣好唔穩陣。」野仔有點猶疑的說。

樂哥測量着高度，大概有半層樓高，的確有點危險，可是如果他不冒險，便永遠不能離開這裏，更甚的是，難得高漲的士氣又會再次降溫，屆時便更難逃脫。

　　權衡輕重之後，樂哥毅然決定放手一搏，果斷的説：「唔緊要，即管試下，跌唔死嘅。」

　　有樂哥的一句話，老鬼立即行動，把洗手間前當作柵欄的椅子拿過去，而野仔雖然覺得危險，但還是遵照樂哥的意願行事，幫老鬼把椅子搬過去。

　　椅子都搬來疊好之後，野仔有一個想法：「啲櫈好似唔夠穩陣，不如用埋張枱，之後再放櫈，啲櫈就疊羅漢咁，用四張做底，之後二，最後一，咁好似穩陣啲，而且爬上去都易啲。」

　　「雖然安全啲，但會唔夠高。」樂哥想像完便説：「或者試下四、一、一、一咁放，咁就啱啱好。」

　　「但係……」野仔話音未完，便被老鬼打斷。

　　「好，就照你意思，最緊要你肯。」老鬼立即幫樂哥放好椅子。

　　樂哥首先爬上桌子，然後輕鬆的爬上由四張椅子造成的基座，再爬上第一張椅上，至此還未有甚麼難度。

　　「拎住。」老鬼把另一張椅子遞給樂哥，樂哥接過後經過一番計算，把椅子牢牢的放在他站着的椅子上，然後小心翼翼的爬上去。

　　由於兩張椅子大小一樣，所以根本沒有多餘的空間能借力攀爬，而且一旦借力，椅子陣很容易會倒塌，所以只能單憑樂哥自身的臂力爬上去。經過多次嘗試之後，總算成功，然後便是最後一張椅子，由於樂哥身處位置已經太高，所以只能爬上桌子再遞給他，這個任務便交由野仔負責。

　　野仔也心驚膽顫的爬上桌子，他不能有太大的動靜。否則高高在上的樂哥便會陷入隨時墮下的危機。不過，即使再小心，爬上桌子也難免會有抖動，這些微的抖動直接造成在三層椅子上的樂哥搖晃幅度變得蠻大，幸好他的平衡力不錯，才渡過一劫。

　　「Sor……sorry，我唔係特登。」野仔連忙道歉。

　　「無事，你遞埋嗰張畀我，我砌好大家就走得。」樂哥沒有責怪野仔，反而還為大家繼續提供希望。

　　野仔也不敢多說，直接把椅子遞給樂哥，樂哥接過椅子，重新再計算多一次，決定好擺放位置後，便再一次爬上去，而野仔也上前扶着第二和第三層的椅子，希望為樂哥帶來一點安全感。

　　或許是體力有所損耗，或許是心裏始終害怕，或許是晃動越來越大，這次爬上最後一層椅子顯得格外困難，嘗試了數次也不成功，要不是有野仔穩着第二和第三層的椅子，樂哥恐怕已經跌成傷殘了。

「樂哥，唔得就唔好勉強，我哋再諗方法，咁樣太危險。」野仔看到樂哥差點墮下，立即勸喻。

而老鬼也覺得比想像中危險，都加入勸説：「你好牙煙咁，不如落返嚟，用返四、二、一啦，安全重要啲。」

「我無嘢喎，唔使擔心。」樂哥露出招牌微笑，一臉從容的説：「我掌握到技巧，今次爬到上去㗎喇，你哋等住走都得。」

樂哥吸一口氣，一氣呵成的爬了上最後的椅子上並且站起來，桌子和椅子都很牢固的緊扣着，但來自樂哥輕微的顫抖卻使得整個椅子塔結構變得鬆散，特別是最後的兩張椅子都變得岌岌可危。

「無問題㗎樂哥，我哋喺下面扶實，好穩陣。」野仔和老鬼在下面對他喊話，神奇地，樂哥的確變得安心了，他將所有精力放在拼圖上，缺失的位置正在他眼前，只要他一伸手，拼圖便能完成。

樂哥緊緊拿着拼圖，將它放到屬於它的位置。

樂哥、野仔和老鬼屏息以待，整棟大宅只聽得到他們三人的心跳聲。

下一秒，那塊拼圖竟然掉了下來。

「咩話？」三人大驚。

在一旁看着的阿雲立即意識到，原來他之前得來的 AA 膠正是用於此，可惜已經一滴不剩了，這亦注定他們三人無可能完成拼圖，不過也沒差，反正最終能逃出去的只有一人。

老鬼立即拾起掉在地上的拼圖，大罵樂哥：「喂，你點做嘢㗎？手軟呀？咁都砌唔實跌咗落嚟嘅？快啲砌多次，記住砌實佢呀！」說完，他便把拼圖遞給野仔，再由野仔拋給樂哥。

樂哥很清楚拼圖掉落不是因為砌不好，老鬼也很清楚，野仔也很清楚，只是老鬼不願意接受拼圖明明合適但還是會掉落的事實，這代表着他們永遠都完成不到錦囊任務，逃不了出去。

樂哥拿着拼圖研究，看看拼圖本身有沒有膠紙、膠水之類，可是並沒有。樂哥為免再打擊兩人士氣，獨自在上面思考：「有咩可以黐得住佢？我身上又無膠水又無飯，點算？」

正在煩惱的時候，竟然還真的讓他想到了。

樂哥低着頭用一隻手遮着臉，避免被其他人看到，然後另一隻手在臉前輕微的郁動，然後把黏合劑——無錯，正是鼻屎，人體自然的黏合劑，雖然嘔心，但的確有用——刮在拼圖背面，再完成拼圖。

這次，拼圖沒有再掉下來，大宅又響起了齒輪聲，在全家福油畫拼圖的旁邊、樓梯前的角落，地板收起了，露出了一條往下走的小小秘道。

樂哥步步為營的爬下來，野仔和老鬼都扶着他，然後滿懷希望的向秘道走去。可是，在秘道前，他們都很有默契的停下了腳步，神情也變得呆滯起來。

「No Exit」，秘道的盡頭寫着這兩個字。

老鬼和野仔沒有說話，只是低頭呆站着。

樂哥知道這刻大家需要士氣、需要鼓勵，畢竟大家都經歷了這一連串匪夷所思、駭人聽聞、荒謬絕倫的事情，心一早已累透，一直令眾人有力量堅持到現在的只有完成這一系列錦囊任務，繼而重獲自由的信念，但現在竟然說完成了也逃不了，這真的令大家都崩潰了。

可是，這次連樂哥自己也正面不起來，他很想用充滿希望的聲線跟他們說：「可能仲有其他錦囊我哋未搵到呢，搵到再做埋嗰啲任務就走到㗎喇。」但他自己也說服不了自己，試問還如何說服其他人？

3,2,1...捉伊因

#17 來一場真正的捉伊因吧

「所有遊戲都只得一個勝利者。」阿雲打破沉默，走到他們身後說。

「咩話？」樂哥立即反應過來。

「『所有遊戲都只得一個勝利者』，係我喺波衫間房搵到嘅綠色錦囊講嘅，即係話我哋無論做幾多嘢都無用，最後都只得一個人可以離開，而呢個人亦一定係勝利者。」阿雲解釋。

「X你老母！」老鬼對大宅大罵：「你個乜X嘢主持人？又話做晒啲任務就走到，又話留到最後就有獎金，全部都係假！」

野仔笑了，失心瘋般大笑，笑着笑着便哭了。

此時樂哥想起了，他說：「Sigmond Fread 好似一直都無講過啲錦囊係可以幫我哋離開大宅，淨係話會幫到我哋平衡遊戲嘅不公平。即係一直以嚟都係我哋自己一廂情願，由頭到尾佢都係想我哋玩到剩返一個勝利者。」

「從所有證據嚟睇就係咁，嗰啲任務只係誤導人，旨在浪費大家嘅時間同精力，或者更惡毒啲，就係要表達呢個世界係唔會有希望。」阿雲推斷說。

「實在太過份、實在太過份、實在太過份喇！」野仔突然大叫，

走到大門前，對着大門瘋狂的用力踹，試圖用暴力破門逃生。

阿雲看着很是心痛，但他卻不可以伸手抱着他，這或許是對他以前懦弱的懲罰。

「我哋⋯⋯嚟一場真正嘅捉伊因啦！只有咁，我哋先可以喺呢場噩夢入面解脫。」阿雲對眾人說。

「吓？」老鬼震驚的望向阿雲。

野仔目露兇光，打算將怨恨發洩到阿雲身上。

樂哥則保持微笑說：「我都係咁認為。」

「規則好簡單，跟返呢場遊戲嘅設定，唯一分別係今次會限時。而家搭十，去到整點，個鐘響完就完，到時只要有一個未被捉都當我輸，我就會自殺。如果到時仲有多過一個人生還，你哋就繼續搵人做鬼去捉人，直到得返一個人生存為止。」阿雲向各位解釋他的想法，樂哥和野仔則點頭贊成，老鬼見狀也只好同意。

最後一場，決定生死的馬拉松捉伊因正式宣布開始！

「咁我數廿聲之後就開始，你哋自己匿埋，我會認真玩，唔會放水，二十、十九⋯⋯」阿雲開始倒數，樂哥和野仔拔腿就往樓

上跑，老鬼礙於腳傷，二十聲後也不能走得太遠，於是決反其道而行，以「最危險的地方是最安全」的逆向思維，選擇在地下躲起來。

「十五……」阿雲的倒數就像死神的輓歌，每一聲都直插他們的心臟。

「三、二、一、零，我捉喇。」阿雲倒數完後便開始行動，他首先掃視整層地下，所有的傢俱擺放都維持着剛才的狀況，沒有被移動過的痕跡，不過他很清楚知道，這一層有一個人在躲藏。

「老鬼，我知你喺度，對唔住，你會係第一個俾我捉嘅人。」阿雲大聲說，老鬼聽到後嚇得「鼻哥窿都無肉」，立即將自己捲縮得更緊，好讓其他的物件能把他完全遮蓋。

客廳並沒有能藏身的地方，在地下這層，能藏身的只有廚房、洗手間和洗衣房。阿雲首先檢查洗衣房，躲在洗衣機內的確是其中一個好選擇，但只限小朋友和身型細小的人，老鬼一個大男人是躲不進去的，而污衣籃和污衣槽也沒有人，天花板也不用檢查，畢竟一個殘廢之人，單憑自己是上不了去的。

洗衣房沒有發現，阿雲便搜查旁邊的洗手間。之前阿月在這洗手間消失，老鬼到現在還未弄清楚原因，現在是另一個機會查明真相。

「嘭」！他大力踢開門，為的是令裏面的人嚇一驚，繼而露出馬腳，不過洗手間佈局依然沒變，始終沒有一個位置能完整藏好一個人。可是阿月事例在前，阿雲這次搜尋絕不會馬虎，他再一次敲打所有牆壁和地板，可是依然沒有暗格秘道。眼見時間一分一秒溜走，他不能再在這耗時，只好懷着阿月消失之謎的遺憾，搜尋最後的廚房。

廚房是最多位置躲藏的地方，而 KT 和福伯的屍體依然躺在廚房內。阿雲作為行兇者，看到後也恭敬的對他們鞠躬，然後繼續尋人。他為了節省時間，把所有廚櫃都打開，但都發現不到老鬼的身影。

「工人房？」阿雲看到廚房內的工人房，這間房被鐵鏈鎖上，遊戲開始以來都未被打開過，雖然時間緊逼，但阿雲還是決定一探究竟。

他在廚房拿了一個鬆肉錘，往鐵鏈上的鎖大力一揮，鎖被打壞，一開門，裏面出現的是一個再普通不過的工人房連套廁，沒有機關、沒有秘道。

「頂！」阿雲心裏咒罵：「嘥咗我啲時間，而家得返七分鐘，要快啲捉到人先得。」

面對時間的飛逝，地下卻找不到老鬼的蹤影，阿雲也有點焦

急，但越急只會越錯，他盡力保持冷靜，讓腦袋清晰，回憶有沒有甚麼遺留。

「花園！」他腦海冒出了這個地方，這是他忽略了的地方，由廳走出去，的確不必上下樓梯，是很合理的選擇。

於是他走出花園繞了一圈，卻依然找不到老鬼的影蹤，就在他回頭的一刻，終於發現了老鬼，他正在把門關上！

阿雲看到後立即跑過去，但老鬼始終快一步，在阿雲跑到前便已經關上門並鎖上，得意的老鬼還對阿雲做了一個鬼臉，然後倚着門坐下休息。

不過阿雲沒有放棄，他舉起腳一踢，門的玻璃碎了，連同老鬼也一併踢飛數米。

阿雲站在嚇得瑟瑟發抖的老鬼面前稱讚道：「果然有啲小聰明，但你應該繼續匿埋，咁或者可以再生存多幾分鐘。」

老鬼逃跑無望，只能求饒，可是阿雲未有理會，伸手捉了他後，便上樓上找樂哥和野仔。

被捉的老鬼躺在地上發抖，體溫驟降，他不停摩擦自己身體取暖，不過沒有作用，不出三十秒心臟便停頓，正式死亡。

此刻，時間尚餘五分鐘。

樓上有三層，要逐層找的話，五分鐘肯定找不完，甚至一層也找不完，所以阿雲只能賭一次。他綜合整場遊戲的表現來分析，野仔一定會跟樂哥一起行動，不會分開，這大概是因為他自小的經歷所致，所以遇到信任的人便會無意識崇拜對方，繼而一起行動、任對方擺佈；而樂哥是一個足智多謀的人，每每有奇謀，不能用常識來預測他的行動；再根據剛才倒數時聽到的腳步聲，他們經過一樓上了二樓或三樓，但考慮到樂哥的謀略，他很有可能反其道而行，製造上樓假像，實則依然躲在一樓，畢竟只要能藏十分鐘，他們便安全。

阿雲來到一樓，決定把最後的五分鐘賭在這一層上。他逐間房門打開並搜尋，「do、re、mi、so、la」的聲音輪流響起，但始終找不到二人的身影，於是他把目光轉移到廳，廳的沙發和桌子也沒有能躲藏的地方，盆栽後也只得污衣槽，而污衣槽內也沒有人。換言之，一樓只餘下兩間房，這亦是阿雲最後的機會，因為時間只餘下兩分鐘。

他先打開放着幽幽和 Maria 媽媽遺體的冷藏庫，又是必恭必敬的鞠躬後才開始搜尋。

冷藏庫內寒氣處處，能見度不高，阿雲一進去便往裏面的紙箱走去，畢竟那是最有機會藏身的地方，就在他翻兜倒櫃期間，

一直躲在門後的樂哥和野仔悄悄走出來把門關上，他們想到的與老鬼一樣，都是想拖延時間。

再一次，阿雲趕不上關門的速度，被關住了，而冷藏庫的門也不像花園門，是全不鏽鋼打造，僅憑蠻力是不能打穿，被關在裏面只有等被冷死。

「Yeah! 搞掂晒，我哋可以再慢慢諗計點逃生喇。」野仔高興的說。

樂哥則沉重回應：「嗯……」他心底知道沒有雙贏的辦法，但又不希望摧毀野仔的一絲希望，於是選擇支吾以對，自己心底則計劃好如何自殺讓野仔勝出離開，畢竟一個年青人的可能性遠比他大。

時間還有分半鐘，在走廊聊天的兩人耐心等待着大鐘響起。忽然，他們感到背脊發涼，回頭一看，阿雲正要撲上來，樂哥和野仔一個向左一個向右的跳開，阿雲撲了個空，撞在欄杆上。

「無可能，你點走到出嚟？我明明已經閂好咗。」野仔不解的問，阿雲沒有回答，一來他也不知道是誰在門鎖上做了手腳，二來他也沒有多餘時間去解釋，眼下要做的事只有一件，就是要捉到樂哥，然後讓野仔勝出，活着離開。

　　阿雲站穩後再次對樂哥發起攻擊，他跑向樂哥，樂哥只好拔腿逃走，他沿着樓梯跑上二樓，阿雲緊隨其後、窮追不捨，而野仔也奮不顧身跟上他們。樂哥每次轉彎都會用眼尾觀看與阿雲的距離，但每次查看，都發覺距離正在收窄，終於在二樓第二個轉角處，阿雲追上了樂哥，只差兩步距離便能捉到。

　　樂哥面臨兩難的局面：繼續跑，未到樓梯便會被捉；停下投降，野仔亦會秒速被捉。

　　「應該要點做？」樂哥也想不到完美的解答，但可以做決定的時間已經越來越少，情急之下，他選擇了第三個方法，正所謂兵行險着，有危先有機，反正最後難免一死，倒不如賭一把。

　　樂哥單手扶着欄杆，奮力一跳，再一百八十度轉身，另一隻手也捉緊欄杆，站在欄杆外，阿雲見狀立即捉了他，但這一捉與其說是要抓他，倒不如說是要扶着他、確保他安全更貼切。

　　此刻，時間還餘下一分零八秒，阿雲雖然捉了樂哥，但由於欄杆的關係，這當作「隔牆」，所以攻擊無效。

　　「小心呀樂哥，企出面危險。」野仔邊叫邊爬出去。

　　樂哥甩開阿雲的手，跳到水晶吊燈上，順勢滑下去；阿雲為了捉到他也照辦煮碗，一起滑到地下再決戰；至於野仔，雖然害怕，

但還是鼓起勇氣跳到水晶吊燈上，不過由於角度問題，他差點抓不到吊燈而摔在地上，幸好有驚無險，最終也順利滑到地下。

　　時間還餘下四十四秒，樂哥站在老鬼的屍體前，雖然想好好拜祭他，但時間並不許可，因為阿雲並沒有給樂哥半秒的喘息時間。他落地後便立即跑向樂哥，樂哥跨過老鬼便逃跑，一直跑到油畫拼圖下的桌子處，打算與阿雲繞圈圈。

　　阿雲見時間所剩無幾，也看穿了樂哥的意圖，於是使出一招「fake左走右」，佯裝要由左面進攻，實際是跑向右面。樂哥被阿雲的假動作騙了，先跑了向左邊，後來發覺是陷阱後便即時往反方向跑，但兩人之間的距離已經一下子拉近了很多，更不幸的是，由於重心短時間的急速轉移，樂哥奔波勞碌了一整天的雙腿終於支持不住，被阿雲「ankle break」了，跌坐在地上。

　　時間餘下十二秒，阿雲把握機會衝過去捉樂哥，而同一時間，有另一個身影也往樂哥方向狂奔，無錯，正是野仔。

　　野仔在阿雲的盲點位跑近，以至於他看不見野仔已經很接近，在阿雲伸手捉樂哥的一剎，野仔正好趕到擋在中間，以身體保護了樂哥，被阿雲捉到了。

　　野仔被捉，樂哥憤怒了，阿雲悲痛了，只有野仔一人在笑，他對樂哥説：「好彩你無事。」

然後又對阿雲説:「樂哥係最後贏家,我由遊戲開始已經係咁認為。」

時間尚餘五秒,阿雲抱着野仔默不作聲,戰意全無。而樂哥怒火中燒,立即起身,一把抓住阿雲的面具用力一扯,面具飛脱,面具之下,是一個哭成淚人的粗獷男人。樂哥本想戴上面具變成鬼捉阿雲替野仔報仇雪恨,但看到這一幕後也立即心軟起來。

「噹」!鐘聲響起了。

野仔看到眼前的這個人,先是呆了,然後眼淚不自覺流下,最後更淚流滿面,以哭腔説:「阿爸,我好掛住你,真係好掛住你,難怪一直以嚟都有種熟悉嘅感覺,原來你一直都喺我身邊,我竟然發覺唔到……我仲……我仲……如果我叻啲,可以早啲發現到同你相認嘅話……」

「唔係,係我唔好,對唔住呀阿仔,當初係我無用,唔夠膽逆你阿嫲意,搞到你俾佢趕走要流落街頭。我之後每日都有去搵你,但我行勻晒成個香港都搵你唔到,點知今日竟然喺度撞返你。本身我諗住畀你贏,等你可以拎到獎金出返去,當補償返你,但你阿爸我真係太無用,又失敗咗,真係好對唔住……」阿雲也泣不成聲。

樂哥這才恍然大悟,亦終於明白為何一直以來阿雲對待野仔都與別不同,原來他們是父子。父子團聚,份外感人,但一相認

便要天人永隔，確實傷感。面對這種傷感的場面，樂哥不知應如何應對，只好拿起面具暫時迴避。

「噹」！鐘聲的最後一下響完，野仔和阿雲同時感到心絞痛，但他們均強忍着無表現出來，生怕留給對方最後的形像會崩壞，他們始終面露笑容，最後一起含笑而終。

就這樣，樂哥成為了最後的生還者，成為了最後的大贏家。

+×+×+×+×+×+×+×+×+×+

「嘩嘩嘩！Fiona bb 果然係百發百中神預言，真係樂哥贏咗，今次發過豬頭喇！一陣宵夜我嘅。」Elise 看到樂哥得勝欣喜若狂。

Daisy 看到最後父子相認的一幕忍不住大哭起來。

Alfred、Ben 和 Chris 則為最後的刺激捉伊因而鼓掌。

至於 Fiona，她維持一貫高冷的形像，保持微笑，默默退場。

「Fiona，唔好次次都無聲無息咁離開啦，今次嚟同我哋一齊慶功，我哋今次觀看人數創新高喎。」一直留意 Fiona 動向的 Ben 立即挽留。

憑 Fiona 賺大錢的 Elise 也加一把嘴説:「係囉,我贏錢今晚萬歲,唔係唔畀面我啊?」

「你哋睇下啲 cm,個結尾令到觀看人數再爆升,破晒紀錄。」Alfred 説。

接着 Chris 唸出了數個留言:「有洋蔥,好感動;最後估唔到咁刺激;神樂,咁跳出去,我以為自己睇緊成龍;以為神月死咗再無嘢好睇,好彩無 quit,最後咁精彩,quit 咗嗰啲真係傻仔。仲有好多,全部都好評,今次遊戲好成功,一齊慶功啦。」

調整好情緒的 Daisy 也即時加入勸説團:「Fiona,一次啦,我哋一齊搞遊戲咁耐都未一齊食過飯,今次咁成功,我哋邊食邊傾下下次點搞啦。」

面對眾人的邀請,Fiona 並沒有動容,繼續維持自己的人設,禮貌的回絕他們:「你哋食得開心啲,我有事要行先,下次遊戲嘅事,我哋喺 group 再傾。」説完便獨自一人離開私人影院,留下失望的五人。

+×+×+×+×+×+×+×+×+×+

監測室的氣氛也同樣熱鬧,最後一戰以及父子相認完全是 Sigmond Fread 和 Eric Ericson 預計之外的事,但卻為實驗提

供了難能可貴的數據。

而其他工作人員的情緒也因為賭局的勝利、精彩的對戰、賺人熱淚的相認，以及終於能下班而高漲。雖然由實驗開始到結束只過了約十小時，但長期聚精會神盯着螢幕和隨時準備記下重點的確很費精神，也難怪他們為能下班而雀躍。

Eric Ericson 拍了拍 Sigmond Fread 的肩膀説：「恭喜你，終於有一組唔同嘅數據，不過同你實驗個 hypothesis 啲出入，呢 part 有排你忙。」

Sigmond Fread 也鬆了一口氣，笑逐顏開道：「Thanks bro，的確係好重要嘅 data，同其他組好唔同，我都好驚訝，要揾 reason 真係有排忙，不過好彩有你幫我，I guess 唔會 spend 好多時間嘅，而且仲有一大班 colleagues 幫，一定好快搞掂。」

「老闆……」此時 Zero 戰戰兢兢的把一本筆記簿遞給 Sigmond Fread 並説：「我一路有 jot 低啲 notes，簡單整理咗啲重點，唔知幫唔幫到你手呢？」

Sigmond Fread 接過筆記簿速讀完後，十分肯定的道：「So helpful，唔該晒你，而且你經常留意到嘅細節，有時連我哋都無為意，所以呢本筆記真係好有用，thanks a lot。」

　　得到 Sigmond Fread 的讚賞，Zero 喜上眉梢，轉身繼續勤力工作、敲打鍵盤。

　　Eric Ericson 用手肘撞了一下 Sigmond Fread，小聲跟他說：「係時候埋埋個靚尾。」

3,2,1... 捉伊因

#18 再來一場…嗎?

「沙⋯⋯沙⋯⋯」大廳傳來咪高峰的聲音。

「Testing,有無聲?OK,得。」是 Sigmond Fread 的聲音。

「Congratulation!可能你唔記得我,我係 Sigmond Fread,今次實驗嘅主持。恭喜你成功通過實驗,唔係,應該叫返遊戲你會唔聽啲,恭喜你成功贏咗場遊戲,成為最後嘅勝利者,同時都多謝你為今次實驗提供咗寶貴嘅數據。遊戲開始前講過,留到最後嘅人會有獎金,我哋已經將獎金放咗喺大門外面,大門亦都已經開咗,你可以選擇離開大宅,拎埋啲獎金返去,過返原本嘅生活,又或者⋯⋯」Sigmond Fread 故意頓了一頓,營造懸疑感,然後續說:「留喺度,繼續參加下場遊戲,用鬼嘅身份救返你啲朋友。」

「救返啲朋友?」樂哥正要打開大門之際,被 Sigmond Fread 的說話所引誘,有點猶疑。

「你話救返啲朋友即係咩意思?」樂哥大喊道。

「哈,就係字面嘅意思,救返佢哋。」Sigmond Fread 說。

「佢哋都俾你哋殺晒,仲可以點救?」樂哥繼續對着空洞洞的大宅大叫。

3.21 捉伊因

「你確定佢哋係真死？」Sigmond Fread 的口吻帶點狡詐，樂哥聽完也分不清孰真孰假，於是跑到老鬼的屍首前檢查，呼吸、心跳的確停了，體溫也下降了，這無疑是已經死透，又怎會能再救活？

於是，樂哥做了一個決定：「佢哋全部都已經畀你哋殺晒，點會仲有得翻生？呃唔到我嘅，我雖然都想佢哋無事，但根本無可能，人死不能復生，除非有龍珠啦。我要走！」

語罷，樂哥走到門前，再次想打開之時，Sigmond Fread 又開腔：「你確定？你咁聰明，應該一早估到呢場遊戲背後金主係咩組織，你認為佢哋有無能力做到？」

樂哥又一次猶疑了，他真的很想救活所有人，亦都猜到幕後黑手究竟是誰，但正因為如此，他才更加要慎重考慮，要是與他們搭上，後果更加不堪切想。

一輪考慮之後，樂哥下定決心說：「決定好喇！」

他打開門，第一眼看到的是一棟棟的古老大宅，與他所在的一模一樣，第二眼才看到那個裝滿錢的手提箱。他走到手提箱前，把箱子打開，箱子滿滿的全是美金。確認好獎金是真的後，他把箱子關好，整理好思緒，再回想 Sigmond Fread 的說話，結合眼前無數的大宅，他總結出一個結論：「同樣嘅遊戲喺其他大宅都

307

同時進行緊，好多人都無辜死咗，但幕後黑手就逍遙法外。」

他回望大宅，左手提着手提箱，右手拿着鬼面具，問了自己一句：「憑我一個，有無贏面？」

然後，他放開了其中一隻手，任由手上的物件掉在地上，自己則昂首闊步步出大宅，向他選擇的道路進發。

《1，2，3…捉伊因◈ 全書完》

3,2,1...捉伊因

　　每日在繁忙的車廂中，你會做甚麼事？可能是睡覺，可能是看短片，可能是玩遊戲，可能是發呆，可能是天馬行空的幻想。

　　從前的我也愛幻想，想突然有怪物出現會怎樣？想遇到交通意外會怎樣？想全車人穿越到未知世界又會怎樣？然而就是因為有幻想，所以人類才會進步，我們才有各種書本、動畫、劇集和電影收看，所以千萬不要無視你的幻想，因為它能成就未來。

　　而我的幻想，透過我拙劣的文字表達，有幸能集結成書，實在感激點子出版社。

　　上一年作為新人，在書展辦了數場簽書會，聽到讀者說喜歡我的文字作品，實在是受寵若驚。亦因為有大家支持，我這位夕夕無名的路人才能出版第三本作品，希望各位喜歡。

　　這次的作品以我過往的同名劣作為基礎再加以發揮，為了區別，書名故意帶點童趣，令到反差更加大，算是一點點惡趣味吧！

　　書中更埋下了數個彩蛋，有一些一看便能想到，但要全部知曉，就要把我所有的作品都看一遍才行，包括從沒出版過的故事，本人絕對歡迎大家找我討論。

　　由於我還有很多故事想創作，未想從此被定性為靈異作家，

所以這次的故事不以靈異為主題，希望大家喜歡，若有不足，也希望不要太大力的鞭屍。

如果看完後有任何意見，歡迎找我聊聊，我很期待與各位互動，等你！

麥默

3,2,1...捉伊因

3,2,1... 捉伊因

作者	麥默
責任編輯	非鳥
美術設計	陳希頤
出版	點子出版
地址	荃灣海盛路 11 號 One MidTown 13 樓 20 室
查詢	info@idea-publication.com
印刷	海洋印務有限公司
地址	黃竹坑道 40 號貴寶工業大廈 7 樓 A 室
查詢	2819 5112
發行	泛華發行代理有限公司
地址	將軍澳工業邨駿昌街 7 號 2 樓
查詢	gccd@singtaonewscorp.com
出版日期	2024 年 7 月 17 日
國際書碼	978-988-70116-8-2
定價	$98

Printed in Hong Kong

點子出版
IDEA PUBLICATION

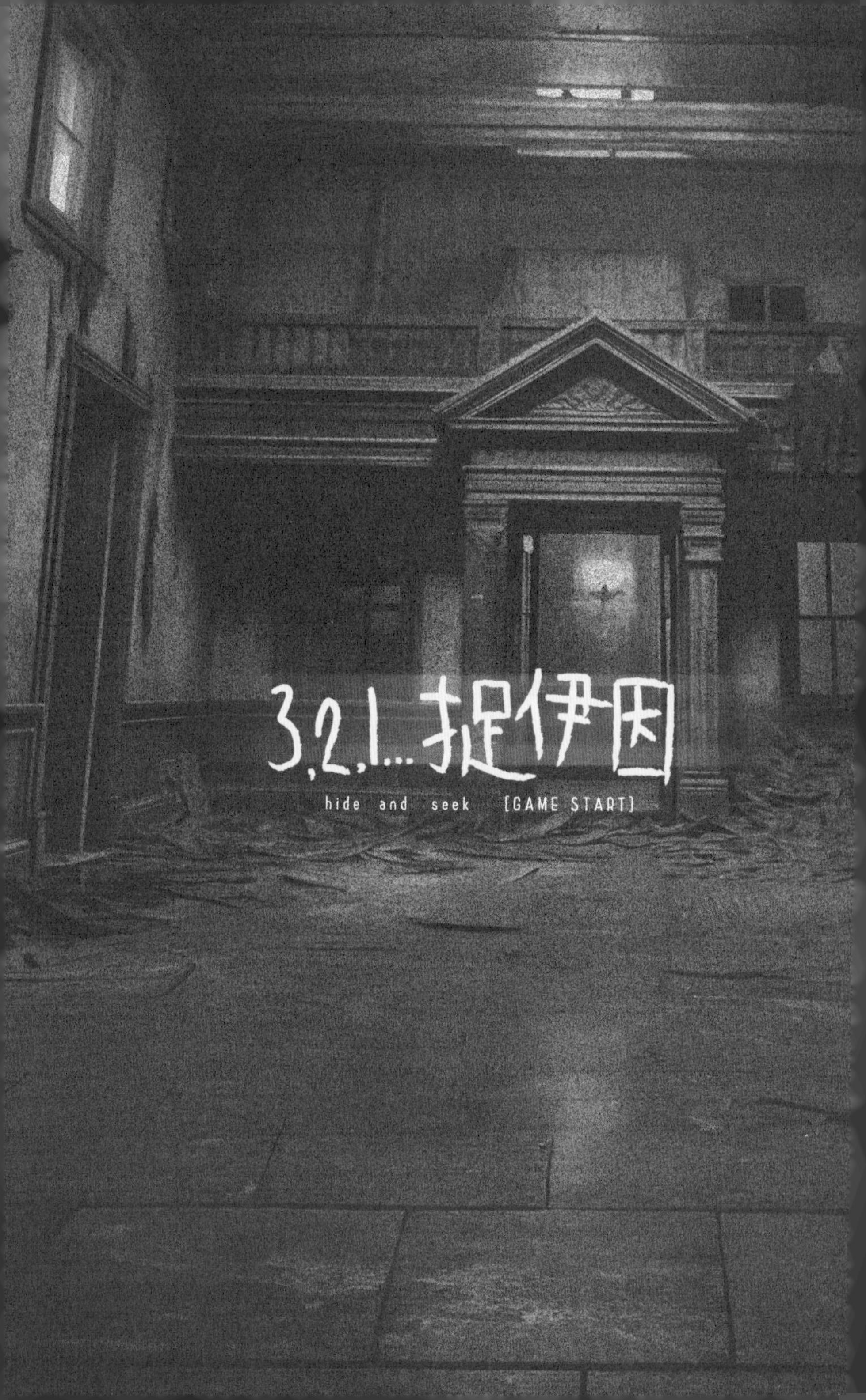
3,2,1...捉伊因
hide and seek [GAME START]